D1135679

Gebalsemd lichaam

Gemeentelijke Hoofdbibliotheek Beveren

GIORGIO TODDE BIJ DE BEZIGE BIJ

De som der zielen

Giorgio Todde

Gebalsemd lichaam

Vertaling Mieke Geuzebroek en Pietha de Voogd

Gemeentelijke Hoofdbibliotheek Beveren

2005
DE BEZIGE BIJ
AMSTERDAM

Cargo is een imprint van uitgeverij De Bezige Bij, Amsterdam

Copyright © 2002 Giorgio Todde
Copyright Nederlandse vertaling © 2005 Mieke Geuzebroek
en Pietha de Voogd
Oorspronkelijke titel *Paura e carne*
Oorspronkelijke uitgever Frassinelli, Milaan
Omslagontwerp Marry van Baar
Omslagillustratie Savelij Abramovich Sorin ©
The Bridgeman Art Library
Foto auteur Max Solinas
Vormgeving binnenwerk CeevanWee, Amsterdam
Druk De Boekentuin, Zwolle
ISBN 90 234 1726 7
NUR 305

www.debezigebij.nl

De angst springt tussen de stenen vandaan – harder dan de stenen – voor advocaat Giovanni Làconi. Hij herkent hem en begrijpt eindelijk hoe hij eruitziet.

Hij heeft zich altijd afgevraagd wat voor vorm de angst heeft en als kind dacht hij, elke dag, dat de angst diep in de baai lag te slapen en zich ieder moment op hem kon storten in de vorm van een windhoos en water. Maar zijn moeders moed hield hem op afstand.

Zijn hele leven heeft Giovanni gewijd aan waken tegen de angst, maar 's nachts is, nu hij de vijftig is gepasseerd, zijn waakzaamheid omgeslagen in een bewuste, permanente slapeloosheid waardoor de angst hem achtervolgt tot de volgende avond en hij, zonder een woord, rode wijn drinkt en al voor het eten beneveld is.

Vanochtend voelt hij de angst in zijn vochtige handpalmen. Daarom bleef hij tijdens de mis aldoor in zijn handen wrijven, en daarna ook nog, tot hij bij de pier kwam, oog in oog met de ruimte die zo groot is dat zijn adem nietig lijkt.

Hij liet de calèche in de schaduw staan, pakte zijn hengel en aas en liep, met zijn processietred, naar het eind van de pier.

Hij begrijpt hoe de angst eruitziet als hij hem te voorschijn ziet komen uit het verlaten huis op de San Francesco-pier, waar hij elke zaterdag gaat vissen. Hij kijkt hem recht in de ogen en de angst doodt hem en neemt de tijd die daarvoor nodig is.

De angst wurgt hem met de vislijn en laat een striem achter in zijn hals. Hij verroert zich niet, staart de angst aan en bedenkt dat dit is hoe men sterft.

5

Wat een pijn in zijn borst, wat een pijn.

Behalve bang voelt hij zich ook nederig – zoals wie zich bij een rechtvaardige straf neerlegt – en zelfs voelt hij iets als kinderlijk vertrouwen. Hij legt niet eens zijn handen op zijn keel om zich te verweren. Een reactie zou de kwelling die hem ten deel valt prolongeren.

Wat een licht. De zon verblindt zijn ogen die tegen zijn oogkassen drukken. Hij zou nog even willen zien, maar er is geen 'even' meer voor Giovanni Làconi.

De angst staat nu achter hem, hij aarzelt en verslapt dan zijn greep want de advocaat beweegt niet meer, ook al brengt het laatste beetje bloed nog een paar simpele gedachten met zich mee: aan zijn bureau, zijn dochter die papieren ordent, het wijnglas op tafel. Ook zijn gedachten houden op, maar hij zweet en zweet van de moeite die het sterven kost.

Hij ademt nog een keer diep in en alles stopt.

De angst is niet moedig en verbergt zich een tijdje achter de stenen. Dan komt hij weer te voorschijn en loopt naar het lichaam. Hij maakt met een steen in de hand eerst een werpgebaar en slaat dan uit alle macht het voorhoofd in. Hij kijkt er even naar en vlucht tussen de stenen. Het lichaam blijft zweten en besmeurt het witte overhemd.

De stilte stolt en dan kiest de eerste vlieg zijn hals. Er komen vliegen op zijn voorhoofd en ogen zitten. Ook het mandje met aas vult zich met vliegen. Even later zoemt het er lustig op los, want nu viert een hele zwerm feest.

De zee is, vanaf de lange pier gezien, een glinsterende, dampende strook en de lucht is zo heet dat hij wit is geworden.

De angst komt weer tussen de stenen vandaan, verjaagt de vliegen, rukt een mouw uit het overhemd van de advocaat en gaat in de weer met een arm, de rechter-.

Dit is een stad van bangeriken.

Ze zijn nergens tegen opgewassen. Het zijn geen mensen van de zee en ook niet van het land. Ze zouden het liefst lotusbloemen en roze garnalen eten en wensen dat er nooit vreemde zeilen aan de horizon verschijnen.

I

Tea Làconi heeft een lichaam dat aan hongersnood doet denken en jukbeenderen zo strak als trommels.

'Mevrouw, uw man, advocaat Giovanni Làconi, is al sinds vanochtend zoek...'

Ze gaat zitten. De zon gaat onder en de openstaande ramen zijn paars, majoor Belasco heeft zich voorbereid op wat hij gaat zeggen en zet een mooie, diepe stem op: '... Uw voorgevoel, zo noemde u het letterlijk, uw voorgevoel... klopte. Domenico Zonza, een visser van de pier, heeft hem net gevonden. Gecondoleerd.'

Tea, zelfs haar naam is schraal, doet de luiken van de zitkamer dicht want ze vindt deze zonsondergang hoogst ongepast, de rode zee, de overdreven natuur, alles is hoogst ongepast. Belasco ziet het verdriet dat haar hoofd en lichaam in bezit neemt. Maar het is slechts het verdriet van een echtgenote, geen dodelijke passie.

'Een ogenblikje, majoor.'

Ze gaat naar de slaapkamer, pakt een zwarte sjaal uit de kast maar ziet het grote bed met de kaarsen op de nachtkastjes, ze denkt aan haar leven en er komt een snik, stroef als zijzelf. Daarna loopt ze, met haar hoofd opzij gebogen ten teken van rouw, terug naar de zitkamer en gaat zitten.

Majoor Belasco blijft staan, kijkt haar aan, drinkt zijn koffie en bedenkt dat dit lichaam alles wat hij haar nog moet vertellen niet kan verwerken.

'Mevrouw, de opperwachtmeester is nu bij uw dochter in

het kantoor van uw man, in de Bàlice, om haar het nieuws te vertellen. Morgen zal een zware dag zijn. De procureur des konings houdt zich persoonlijk met de zaak bezig. Uw man stond in hoog aanzien bij de rechtbank...'

Hij maakt zijn stem nog mooier.

'... waar velen zich zijn woorden herinneren.'

'Ook woorden zijn hoogst ongepast,' fluistert Tea.

Opperwachtmeester Testa wacht haar reactie af met een glas water in de hand, zodat hij dat meteen aan de bleekzuchtige Giacinta kan aanbieden. Hij kijkt naar haar: hetzelfde gezicht als haar vermoorde vader.

'Uw vader...'

Ze luistert niet en Testa houdt zijn mond.

Hij houdt bij wie er in de stad allemaal vermoord zijn, maar kan zich geen vermoorde advocaat herinneren. Een enkeling was een heethoofd, een gek, advocaat Basilio Penna was een perverseling, dus die was bedreigd... maar vermoord... nee... nee, dat was nooit vertoond.

Ook Giacinta wacht ergens op, roerloos.

'Waar wacht u op, signorina?'

Ze wacht op het effect van het nieuws, ze kijkt om zich heen in de kamer en voelt niets komen. Hoe kan dat? Een jaar geleden was een tante van haar doodgegaan en toen waren al haar organen in opstand gekomen. Ze hadden haar drie dagen lang laudanumtinctuur moeten toedienen. En nu niets, ze merkt niets.

Ze kijkt in een spiegel, voelt aan haar blauwige lippen en bedenkt dat ze geen grammetje vlees aan haar botten heeft. Een droog biscuitje, waar zelfs matrozen die maanden op zee zijn geen trek in hebben. Trouwens, waar zouden haar gevoelens moeten zitten, waar zou ze die moeten stoppen? Dit is geen lichaam voor gevoelens. Hier zijn de sprinkhanen overheen gegaan.

Toch zien de mannen in dat gezicht iets hopeloos verlorens, wat heimwee en lust in ze opwekt.

Giacinta zoekt nog eens of het verdriet iets aan haar heeft veranderd, ze kijkt naar zichzelf, ze kijkt nog eens: niets, er is niets veranderd. Dan ontsnapt haar, uit wanhoop, één enkele, droge snik.

Michela Làconi is de tweeënnegentigjarige moeder van advocaat Giovanni, die op de San Francesco-pier werd vermoord door de angst.

Hij heeft zich niet verweerd. Hij heeft zich niet verweerd en nu maakt ze hem zachtjes verwijten.

Ze komt al maanden niet uit haar grote huis in de bovenstad. De oude vrouw wil geen frisse lucht en zou liever niet eten.

Voor haar is eten een alchemistisch proces van evenwicht tussen het water dat ze druppelsgewijs, als een distelvink, drinkt en dat wat ze afscheidt; zo doet ze het ook met voedsel, elke dag hetzelfde, in dezelfde hoeveelheid. Zodoende is ze er zeker van dat ze – verscholen in haar huis – de eeuwigheid verslaat, zonder zich te hoeven verlagen tot gebeden die volgens haar niemand hoort. Zonder ook maar een keertje de kathedraal te hoeven betreden. En toch is ze wel degelijk sterk genoeg om de klim naar de kerk te maken.

Ze heeft voor majoor Belasco koffie laten brengen in een kopje dat net zo klein is als zijzelf.

'Mijn enige zoon! Wie weet hoe lang hij geleefd zou hebben… Hoeveel leven ze hem hebben afgenomen… Hij was zesenvijftig en had recht op nog minstens vierenveertig jaar, om honderd te worden, net als zijn opa. Maar nee, hij is jong gestorven, net als zijn vader. Je mag geen levens verspillen, zo veel moeite om er een klein beetje van opzij te leggen en dan vermoorden ze hem… God weet hoe bang hij is geweest.'

De majoor, en alle anderen in de hooggelegen wijk Castello,

weet dat Michela een vrouw is die op alles het idee toepast dat het leven en het lichaam een kwestie van doelmatige zuinigheid zijn – een lichaam van zo'n veertig kilo dat ideeën, gevoelens, en dientengevolge ook dingen en feiten in duizenden deeltjes opdeelt zodat ze minder wegen.

Haar zoon Giovanni maakte ook deel uit van het vermogen dat ze heeft vergaard. Het had haar veel moeite gekost om hem te krijgen. Ze had zich zelfs – zij het als een spaarkaart – aan haar man moeten uitleveren, die door deze vergiftiging meer dan vijftig jaar geleden ontredderd was gestorven, direct nadat de dikke buik van zijn vrouw, bol als een bonbondoos, zich van zijn kleine last had ontdaan, volgens een geheel eigen, natuurlijke energiehuishouding.

De boreling, rimpelig als een walnoot, was met de afgepaste porties van zijn moeder grootgebracht en was op zijn zestiende anderhalve meter lang. Toen hij afstudeerde was hij nauwelijks langer en was de groei eruit.

Nu ze alles heeft gewogen en in herinnering heeft gehaald, vindt Michela tussen haar poreuze ribbetjes een korte snik die majoor Belasco als niet meer dan een schrapen van de keel in de oren klinkt.

Drie snikken dus voor Giovanni Làconi, die altijd al buigend in de gang de zittingszaal van het Gerecht des Konings in liep zoals men loopt tijdens een processie, de dossiers tegen zijn borst geklemd als een ex voto dat hij aan de heilige der advocaten moest overhandigen.

Maar een dode is een dode en majoor Belasco had zijn adem ingehouden toen hij hem zag. Hij was bijna op de vlucht geslagen.

Ze noemen het de plaats delict en zweren dat daar alles aanwezig is. Wie daar goed in is, zou alleen maar de geur van de moordenaar hoeven opsnuiven… hem aan de geur herkennen. Maar ik kan dat niet. Ik ga ervan transpireren.

Niemand heeft de drie vrouwen verteld dat de rechterarm van advocaat Làconi is afgehakt en in de boot van Zonza de visser is gegooid, die zijn maag ineen voelde krimpen toen hij hem vond en ook, bleker nog dan die arm, op de bodem van de boot is gevallen.

Deze warme zaterdag in juni loopt ten einde met een verpletterende zonsondergang. De stad van krentenwegers wacht op het wonder van de koelte en maakt zich op om mateloos magen te vullen, want morgen is het toch rustdag en je maag vol stoppen is een genoegen waar iedereen in de hoger en lager gelegen buurten van Castello over praat. Zo krijg je de wolk van gebakken vis die alles omhult en tot aan de burcht opstijgt, en zo ruikt de stad als de heilzame noordenwind niet waait.

2

'Alweer stof, Efisio!'

'Het is mergel, Carmina, met heel veel siliciumoxide.'

Hij sluit nerveus de metalen doos met de poeders.

Efisio Marini kleedt zich aan voor zijn nachtelijke werk. De lucht staat stil in de stad. De nevels van de hitte blijven in de straten van de Polabuurt hangen en houden in alle huizen de etensgeuren vast. Van een paar blokken lager, uit de richting van de haven, klinkt de gutturale serenade van een verliefde jongeman.

In huize Marini praten man en vrouw, al zijn ze nog jong – in de tropische bloei van hun leven – bijna iedere dag over het onderwerp dat Carmina kwelt; een allesoverheersend idee dat alle energie opslorpt, hangt als een waas om hun huwelijk heen.

'In onze botten en in de rotsen van alle heuvels van de stad zit silicium dat conserveert. En jij noemt dat stof...'

'Ik weet 't, Efisio, stenen conserveren fos-sie-len... Niet eens iets wat leeft... Een portret met alleen maar grijs. Ik ben het helemaal zat.'

Carmina draait zich om en Efisio ziet haar donkere, lange nek. Hij wordt kwaad – een kwaadheid die niet overgaat – omdat zijn vrouw altijd zo doet als ze over dit idee praten. Carmina zegt 'ik ben het zat' en draait zich om.

Ze zal hem altijd de rug toekeren.

Hij weet nog goed hoe hij op zijn negentiende bij zonsondergang geheime afspraakjes met haar had onder een reusachtige kappertjesstruik aan de voet van de stadsmuren. Gevaarlijke zonsondergangen.

Daarna was hij naar Pisa vertrokken, om te studeren. Zijn vader had hem daarheen gestuurd omdat hij vond dat deze stad, met de zee en die moerassen eromheen, een stad van schipbreukelingen was.

Zijn terugkeer. Hun huwelijk en Carmina's pijnlijke zwangerschappen. Malaria voor iedereen. Nog meer zonsondergangen maar nu minder gewaagd, zonder onbezonnenheden. Zeven jaar, zeven jaren zijn verstreken en nu is het zo: een eindeloze herhaling.

Altijd hetzelfde antwoord: 'Ze leven niet omdat gesteente niet genereert, het conserveert en verder niet. Ik ben alleen de tijd aan het verkorten die daarvoor nodig is, dat weet je, Carmina.'

'En het is ook nog zaterdag vandaag. Je kunt toch tot maandag wachten.'

Hij staat zijn jas aan te trekken: 'Wachten?'

Efisio is achtentwintig jaar, mager, recht van lijf en leden, donker, een zwarte lok voor zijn zwarte ogen: 'Wachten? Het is de hoogste tijd. Ik moet naar de Bonariaheuvel. Vanavond werk ik aan een hand. Veel bot en weinig zacht weefsel. Ik kan niet tot maandag wachten. De laatste keer had ik gewonnen, tenminste dat dacht ik... Maar toen kwam er na vier dagen uit de neus van de baby die ik al bijna versteend had, het kopje van een sneeuwwitte worm te voorschijn. Deze hand kan niet tot maandag wachten.'

Ze blijft met het haar rug naar hem toe staan, ze wil hem niet aankijken: 'Doe die lok weg, je lijkt wel iemand die geen enkele orde kent.'

'Geen enkele orde,' herhaalt hij terwijl hij de huisdeur sluit, en hij denkt dat hij meer doet dan alleen een deur sluiten.

Onderweg transpireert hij. Als hij over de Via San Giacomo omhoog loopt, komt hij weinig mensen tegen en die bekijken deze jongeman met zijn witte pak en denken aan een ziel in het vagevuur. Velen in het stadje kennen Efisio en zijn obsessie. Sommigen zeggen dat hij een gekke dokter is, anderen lachen, maar hij maakt zich niet druk want hij voelt zich boven die krenterige burgers verheven, niet omdat hij – als een dwaas – hooghartig is, maar gewoon omdat hij zeker weet dat de natuur wilde dat hij beter is dan wie denkt dat de wereld is wat men vanachter de toonbank ziet.

Er staat een volle maan die de polsen doet kloppen.

Carmina gaat naar het kamertje van Vittore en Rosa om te kijken of ze slapen. Ze luistert.

Wat hebben kinderen toch een heerlijke, huiselijke ademhaling.

Dan gaat ze naar de zitkamer, draait de lamp hoger en pakt uit het dressoir een koffertje met de brieven die Efisio haar schreef vanuit Pisa, waar zijn vader, Girolamo, hem naartoe had gestuurd om medicijnen te studeren. Ze opent er een. Ze doet dat vaak als ze boos is op Efisio en een ongerichte jaloezie voelt, een onbestemde maar allesdoordringende jaloezie op alles wat haar man van haar weghoudt. Efisio vlucht. En dus snuffelt zij in zijn brieven.

12 juni 1857

Mijn aanbeden Carmina,
Ik zit op de boot en kom aan op het Isola del Giglio. Alles schittert vandaag en het lijkt wel alsof ik thuis ben. Ook de wind lijkt hetzelfde.
De fossielen die ik hier vind zijn net zo mooi als die ik altijd vond op de Engelenkaap en ook hier, lieve schat, zijn de silicaten sterker dan alle andere zouten.
Het toeval heeft een voorliefde voor levende materie, en

het gevoel aan het toeval overgeleverd te zijn, kwelt mij. Bij zijn dood kan een organisme – blad, insect, hond of mens – worden geïsoleerd van de lucht en voor vernietiging behoed, mits dat zo snel mogelijk gebeurt. De lucht is onzuiver en voert alle kwaden van de wereld mee. Gisteren bekeek ik een lading venusschelpen die de vissers op de pier verkochten en toen kwam, zoals dat altijd bij mij gebeurt, het idee met een pijnlijke dreun in mijn hoofd op. Ik bedacht dat als een levend organisme al iets van een mineraal had, zoals de schelp van de venusschelpen, het dan makkelijker was om een fossiel te worden en de tijd te weerstaan. En ik zei tegen mezelf: Wij hebben mineralen, we hebben ze in onze botten, en ik heb voornamelijk botten: ik zou heel snel een fossiel worden. Als ik de bacteriën verhinder om aan het werk te gaan, als ik de wormen geen tijd geef, als ik de verandering in een mineraal versnel, als ik de tijd versla, als, als, als…

Waar dat idee vandaan is gekomen, weet Carmina niet. Ze begrijpt ook niet wat dit vervroegde hiernamaals waar Efisio voortdurend aan denkt, te betekenen heeft. Het is geen priestergedoe, nee, maar hij is wel op zoek, hij mat zichzelf af en doet zijn uiterste best te geloven. Die eeuwige gedachte van haar man heeft zeker iets te betekenen: hoe dan ook, ze wil er niet door worden aangestoken.

Ze fantaseert over een ziekte die hem zo doet lijden dat hij alles vergeet en hem zo dociel maakt als zij zou willen, zonder al te grootse ideeën.

Ze pakt nog een brief.

Pisa, 18 april 1858

Carmina, mijn aanbedene,
Ik weet dat jij denkt dat een te sterk idee mensen gek

17

maakt... maar voor mij is dat niet zo. Er is geen idee waar ik zo vol van ben dat ik de belofte zou vergeten die ik je onder de kappertjesstruik heb gedaan, toen ik vertrok. Maar de tijd is zo'n sterk zuur, dat kun je je niet voorstellen. Dat is het dus, ik wil dat de tijd een behoorlijke kluif aan ons heeft. Ik ben niet gek geworden... maar als hij zijn tanden in ons zet, laat hij dan tenminste iets taais vinden dat door Efisio is geconserveerd.

Jij vindt dit half werk?

De andere helft is te groot, ik durf er niet eens over te praten al speelt het voortdurend door mijn hoofd. Als het leven is opgehouden, in steen is veranderd, de soepelheid teruggeven aan het lichaam en dan opnieuw de adem horen, de beweging, de stem, de stem... We zijn jong...

Deze halsstarrige overtuiging is volgens Carmina iets voor gekken en dat maakt haar boos. Na drie jaar huwelijk ziet ze dat het allesoverheersende idee van Efisio hen regeert. Dit heeft zij niet gewild. Het doet haar pijn, maakt haar verdrietig, ze wil er niet aan denken. Maar dat lukt haar niet.

Hij heeft de hele dag in zijn hok op het anatomisch instituut gewerkt en nu de maan hoog staat is hij naar het kerkhof van Onze Lieve Vrouwe van Bonaria gekomen om het werk voort te zetten dat hij nu nog als een ambacht ziet, maar waarvan hij hoopt dat het kunst zal worden.

Rosa ligt zachtjes in haar bedje te huilen en Carmina hoort haar. Op de hals van het kindje vindt ze een volgezogen mug; ze jaagt hem weg en zit hem achterna langs de muren: de majestueuze mug strijkt onder aan de muur neer, ze slaat hem dood en kijkt naar de rode vlek op de muur.

'Dokter Marini, hier is de hand van het meisje. Hij lag in de vriesruimte,' fluistert de lijkdrager Antioco Ciccotto, zoon van Piricco, de overleden doodgraver-filosoof die op dezelfde begraafplaats in een tweederangsgraf begraven ligt.

'Dank je, Antioco.'

Efisio neemt het pakje aan, wikkelt de hand eruit, legt hem onder de lamp in het mortuarium en schrijft:

> 16 juni
>
> Hand van een vrouw van zesentwintig jaar, gestorven aan hersenkoorts. Tien uur in ijs geconserveerd. Kleur: grijs. Consistentie: vezelig. Mooie hand, van een vrouw die lichaam en geest verzorgde. Waarschijnlijk bespeelde ze een instrument. Misschien deed ze alleen wat huishoudelijk werk. Een intelligente vrouw? Ik weet het niet, maar in ieder geval een vrouw met aandacht voor de dingen. Grootse gedachten? Ja, misschien: het is een voorname hand, van een voornaam lichaam en wellicht met een voornaam hoofd.

Hij slaat het schrift dicht. Hij vult een metalen kom met water. Hij legt de hand erin, die met de palm naar boven blijft liggen, en zorgt ervoor dat hij helemaal ondergedompeld blijft door hem met lood te verzwaren. Hij doet er twee verschillende poeders bij, die hij laat oplossen. Dan haalt hij een cilindervormige batterij uit zijn tas, bevestigt die aan de randen van de kom, en het elektrische bad begint.

'Nu moeten we wachten, Antioco. De elektrische stroom ordent de stoffen, verdeelt de materie, en de hand zal van kleur veranderen. Eerst gaat het snel, dan langzaam en dan… en dan… Ik ben moe, zo moe.'

Hij stopt met praten en steekt een sigaartje op.

Toen de vrouw vanochtend naar de begraafplaats werd gebracht, herkende Antioco haar meteen. Het was Lucia, de enige hoer van het havenkwartier, hoer sinds generaties, en allemaal heetten ze Lucia, van moeder op dochter. Maar hij heeft het niet tegen Efisio Marini gezegd. Hij heeft liever dat het enige stuk van Lucia dat geconserveerd wordt, anoniem blijft en bewonderd wordt, want die grijze, bevroren hand is heel erg mooi. En dan te bedenken dat hij alle smerigheid van het havenverkeer heeft vastgehad.

Efisio steekt nog een lamp aan, zet die dicht bij de kom, gaat met zijn ellebogen op tafel zitten en kijkt aandachtig.

Kijken. Al lang geleden heeft hij begrepen dat lopen en tegelijk naar de hemel en de aarde kijken, hem een hopeloos gevoel van onbehagen geeft, dat zich om hem heen heeft verspreid tot ook Carmina erdoor is aangestoken, al wilde ze dat niet.

De hand van het meisje verandert van kleur en een parelmoeren glans schudt Efisio wakker:
'Hij verandert! Hij verandert! Het water is niet meer troebel... Het vlees verandert...'

3

Aan de andere kant van de zee groeien papavers, bij de woestijn.

Van de pijnstillers, die in glazen ampullen in de schaduw worden bewaard, is de vergetelheid er een.

Het rode bloemblad, waar de plukker zwetend overheen buigt, is dik en sappig van de zon; de plukker legt ook een portie opzij voor zichzelf tegen alle mogelijke pijn, en nu heeft hij de wazige blik van een man in extase.

Hij begon te plukken toen hij nog een kind was en nu is hij bijna zeventig jaar oud. Hij heeft zijn plantage, de oase en haar voedende water, al heel lang niet verlaten. Hij rust op het stro in zijn hut maar slaapt nooit echt, en hij denkt aan zijn vrouw Hana, die al meer dan twintig jaar in die andere stad woont.

Als hij naar de rechtbank in de stad ging, keek hij urenlang naar de zee. Ze hadden hem verteld dat er aan de andere kant een witte stad lag, hoog, ingesloten door moerassen, bewoond door bange mensen die de angst ontliepen door aan huis gekluisterd te blijven.

Daar woonde zijn vrouw Hana, ze kreeg een dochter, en daar kwamen zijn brieven die al heel lang door niemand worden beantwoord.

Hij keek, hij keek en ging terug naar de oase waar hij zichzelf behandelde met het geoogste sap.

4

De tocht met de calèche omhoog over de kinderhoofdjes heeft het kleine lichaam van Michela Làconi bijna ontwricht. Haar kleindochter Giacinta heeft haar geholpen om in de fauteuil in Efisio's werkkamer te klimmen.

'Ik kende je grootouders, Efisio. Je opa, die een jaar ouder was dan ik, zou nu drieënnegentig zijn geweest en je oma achtentachtig. Brave, vriendelijke mensen… maar ze hebben zichzelf niet goed geconserveerd.'

Ondanks haar spaarzaamheid vergeet de oude vrouw wat ze in haar hoofd opzij had gelegd om aan Efisio te vertellen, dus masseert ze haar slapen: 'Zie je dat? Ik moet gewoon hier knijpen, waar mijn geheugen zit, mijn botten zijn zo langzamerhand van karton en ik masseer mijn hersenen. Jij bent arts en begrijpt hoe een oud mens in elkaar zit. Ik heb onderweg hiernaartoe zon op mijn hoofd gekregen en de zon put je uit. Je hoeft maar te kijken naar wat hij met de aarde doet en dan snap je wel wat hij met een lijfje als het mijne doet.'

Weer een stilte en dan weet ze het weer: 'Ik weet waar je op studeert, Efisio, iedereen heeft het erover… en je bent pas zesentwintig.'

'Ik ben bijna zevenentwintig, je moet precies zijn met de tijd, net als u.'

Weer een stilte, het bloed circuleert druppelsgewijs door Michela's hoofd, maar het circuleert: 'Mijn zoon Giovanni…' Ze wendt zich tot Giacinta: 'Je vader…'

Giacinta is bleek, maar zij straalt niet uit dat ze haar lichaam wil sparen. Integendeel, ze kijkt als iemand die zich uitput tot er niets van haar over is.

Efisio strijkt zijn haarlok weg: 'Ik weet het, ik weet het... Niets is erger dan moord, niets. Wie moordt, is een gek die de Schepper na wil doen...'

'Wat nou Schepper! Ze hebben zijn arm afgehakt, zijn hoofd ingeslagen... Jij moet alles weer op zijn plaats brengen en zorgen dat hij goed blijft. Je moet zorgen dat mijn zoon goed blijft. Ik ben hier in alle vroegte naartoe gekomen om je dat te vragen.'

Ook al is alles, maar dan ook alles, aan Michela nu zo dicht bij de aarde als maar mogelijk is en ook al heeft ze een metabolisme als een spaarpot, toch gelooft Efisio dat er iets in dit minimale lichaam, misschien wel het geheugen, over is van de kracht waarmee de advocaat destijds op de wereld werd gezet en werd ingesponnen in een bestaan dat eerst werd beschermd door luiers en later door het recht, die hem echter niet genoeg bescherming hadden geboden.

'Mijn enige zoon. Ik heb geen andere kinderen gekregen. Mijn man is vlak na de geboorte van Giovanni overleden. Hij was zomaar weg, kwestie van een ogenblik... Hij zat altijd te eten.'

Efisio kijkt naar haar en denkt dat ze, althans in haar denken, nog steeds over haar moederlijke functies beschikt, terwijl andere oude mensen – hij kent er vele – uitsluitend in een cirkeltje leven van eten en spijs verteren, zonder dat iets ze nog interesseert. Ja, deze oude vrouw heeft iets... ze heeft iets... en hij zet een bankje onder haar in de lucht bungelende voeten.

'Dank je wel. Je hebt een knap gezicht, Efisio Marini... en je bent dun, goed zo! Je zult zien dat je lang leeft. Je moet ook je best doen voor mijn zoon. Ik wil hem heel hebben...'

Efisio pakt een handvol van zijn zouten en laat die aan haar zien: 'U weet dat ik er nog niet in ben geslaagd om...'

'De wormen tegen te houden. Ik weet het, iedereen weet alles in deze stad. Maar je bent er dichtbij en met mijn zoon Giovanni lukt het je vast.'

Plotseling valt het oude vrouwtje in slaap en wappert met haar handjes zoals kinderen die dromen.

Ze blijft een paar minuten zo zitten en dan maakt een heviger siddering dan de andere – misschien is haar zoon aan haar verschenen – haar wakker, dus Efisio gaat verder: 'Mettertijd verdwijnt het zwakste deel van ons, donna Michela: het water... Enfin, ik haal al het water uit het lichaam, ik maak het zo droog als leer... maar dat doe ik niet snel genoeg... Ik ben nog aan het leren, en weet u wat er dan gebeurt? De ontbinding werkt sneller dan mijn zouten...'

'Giovanni wordt sinds gisterochtend in ijs geconserveerd... Ik heb hem gezien. Je moet ook de botten in zijn hoofd weer op hun plaats zetten, dat arme hoofd... en zijn arm...'

'Nou, daar hoeft u zich geen zorgen over te maken. Ik zal hem helemaal voor u opknappen. Wist u dat hij ook mijn vader heeft verdedigd? Ik was nog klein, ik herinner me dat het om graan uit Latium ging dat al bedorven was toen het aankwam... Sindsdien was het gerst en graan uit Tunesië, die komen sneller aan en zijn beter...'

Michela schokt ineens even: 'Giovanni was zwak, zijn armen waren van was, hij leek wel een martelaar. Hem vermoorden was, was...'

Efisio merkt dat haar handjes trillen, dat haar hoofd wiebelt en haar voeten op het bankje trappelen, en hij krijgt een idee: hij doet water in een glas en lost er twee theelepeltjes van zijn zouten in op. Hij heeft altijd gedacht dat die, als je ze aan een levende gaf, als tonicum konden dienen: 'Drink maar, het zal u meteen goed doen, donna Michela.'

Ze neemt er kleine slokjes van en laat, met een rimpelige

grimas, de helft staan: 'Waarom een arm afhakken en weg-gooien? Om mij meer pijn te doen? Ik wil weten of hij nog leefde toen ze zijn arm afhakten, Efisio... zul je me de waar-heid vertellen?'

'Natuurlijk, dat kan ik doen. Maar daarvoor moet ik hem zien en moet u mij in deze zaak tot medisch deskundige benoemen.'

Michela verrast hem, ze houdt op met wiebelen – mis-schien door het versterkende drankje, dat haar een beetje ste-viger maakt – en ze knijpt nogmaals in haar slapen: 'Dat heb ik al gedaan, je bent al onze getuige-deskundige. Majoor Belasco zal je op het Gerecht des Konings alles uitleggen: ik heb de dingen geregeld zoals ik ze hebben wil.'

Efisio helpt haar uit de fauteuil. Het kleine vrouwtje recht haar rug en loopt de kamer uit.

Giacinta zit nog steeds te zwijgen, wit en bezweet, alsof ze koorts heeft. Vreemd, denkt Efisio, dat zweet in zo'n magere familie. De dochter van de advocaat buigt en loopt dan achter haar oma aan.

Efisio is tevreden. Voor het eerst gelooft iemand onvoor-waardelijk in hem en heeft hem gevraagd om wormen en rot-ting weg te houden uit een heel lichaam. Hij voelt zich bekleed met de waardigheid van een priester, die niemand hem tot nu toe had gegund. Zijn neiging om op de voorgrond te treden maakt hem opgewonden en emotioneel.

Hij gaat de balsemruimte binnen.

De hand die hij van het kerkhof heeft meegenomen, ligt nog in het elektrische bad. De hele nacht en halve ochtend zijn voorbijgegaan en de hand is al hard, wit, met gebogen vingers alsof ze pianospelen. Een zwartige vinger, de pink, verontrust hem: daar zou de worm uit kunnen komen die zich verheugt op een overvloedige maaltijd. Hij snuffelt eraan maar hij ruikt alleen de zoute geur van zijn conserverings-poeder.

Om de versteende pols heeft hij een koperen armbandje bevestigd met daarop de inscriptie: EFISIO MARINI, MUMMI-FICEERDER TE CAGLIARI, JUNI 1861.

5

Matilde Mausèli schrijdt alsof ze net de appel voor de mooiste van het land heeft gekregen en ze beweegt zich alsof ze boven alles verheven is. Zo is ze al van kinds af aan. Haar honing-kleurige haar en ogen maken dat ze zich tot een ander ras voelt behoren, dat van heel ver is gekomen, uit groenere streken dan deze. Hier in de stad mengt ze zich onder de olijf-kleurige vrouwen, maar ze blijft anders.

Ze is een nicht van Carmina – al heeft Carmina nooit veel opgehad met al die honing – en dus mag ze op straat met Efisio een praatje maken.

Ze komen elkaar tegen voor het Grand Café terwijl hij op weg is naar het plein waaraan het Gerecht des Konings ligt.

'Ja, Matilde, een glas koude tamarinde en een sigaartje vóór ik verder ga.'

Ze gaan aan een tafeltje zitten onder het witte zonne-scherm.

Zij maakt hem altijd verlegen, niet omdat ze mooi is maar omdat ze verder lijkt te kijken dan zijn haarlok, die hij dan ook zolang ze converseren niet van zijn voorhoofd wegstrijkt.

Maar met Matilde kan hij over belangrijke dingen praten. Ze praten en luisteren naar elkaar. Een vertrouwdheid die langzaam tot stand is gekomen maar geen definitieve vorm heeft gekregen. En juist die onbepaaldheid, die geen duidelij-ke scheidslijn trekt tussen beide jonge mensen, is Efisio's eni-ge echtelijke nalatigheid geworden, want hij heeft een vaag schuldbesef als hij het woord tot haar richt en haar geur van bergtijm inademt die hem – hij weet niet waarom – vertrouwd is maar niet geruststelt.

Zij heeft altijd van Efisio's filosofische inslag gehouden. Salvatore, Efisio's praktisch ingestelde broer, heeft hem altijd gezegd dat vrouwen mannen zoeken die anders zijn dan anderen.

'Efisio, ik weet dat de familie Làconi jou in de arm heeft genomen als medisch deskundige. Giacinta is mijn vriendin. Zij heeft het me verteld. Michela, de oude vrouw, wilde jou.' Matilde zet haar hoed af, legt hem op de tafel en voelt met haar handen aan haar blonde knoet. Dan kijkt ze Efisio bezorgd aan: 'Wat is er in dat huis gebeurd? Het is te erg, echt te erg... Om een lichaam op zo'n manier te schenden. Ik heb het gezien. En sindsdien denk ik aan niets anders dan aan ons lichaam, mijn lichaam, hoe het leeft, hoe het kou voelt en warmte, hoe het zich van de ene naar de andere plaats beweegt...' Ze zwijgt. 'Ik weet niet waarom ik dit tegen je zeg...'

Hij stopt met het drinken van de tamarinde en bekijkt het glas tegen het licht: 'Een lichaam schenden... je hebt gelijk, Matilde. Het is een te belangrijk ding, een lichaam.'

'Het is te belangrijk om het zonder tegenstand te verlaten. De advocaat moet het direct hebben opgegeven...'

Efisio ziet de voorbijgangers, ze zijn verblind door de zon, traag door de hitte, maar levend: 'Verlaten? Wat verlaat wat, Matilde? Geloof jij dat er iets is wat de spieren, botten en al het andere verlaat? Een energie die alles stuurt en die, als hij weggaat, alles doet ophouden? Als jongen geloofde ik dat onze gedachten ons verlieten, en ik dacht dat ideeën geen dingen waren... Terwijl ze zich juist, net als dingen, vastzetten en dan worden ze ingewikkelder en vertakken ze zich. Maar dat waren kinderlijke gedachten... Ideeën zijn een product van het lichaam, net als bloed, en ze eindigen met het lichaam. Misschien hebben ideeën ook een vorm, een materie, of, wie weet, zijn ze zoiets als elektrische krachten, of,' en hij kijkt omhoog, 'als het licht...'

Onder het zonnescherm van het café krijgen Matildes ogen een oranje gloed en hij realiseert zich dat er weinig dingen zijn die de eeuwigheid kunnen verjagen en vervangen door het heden, maar deze gulden jonge vrouw kan dat: 'Weet je wat ik dacht, Efisio, toen ik de advocaat zag? Ik heb het aan niemand verteld, zelfs aan Stefano niet. Ik voelde me wanhopig en verloren en ik vroeg me af: is dit alles? Leidt alle moeite die we doen hiernaartoe, naar dit punt? En toen heb ik gehuild, maar niet om de advocaat... Eigenlijk mag ik het niet zeggen, maar ik dacht aan mijzelf en aan mijn lichaam.'

Efisio drinkt zijn glas leeg. Heeft ze deze gedachten zelfs niet aan haar verloofde toevertrouwd? Wat betekent dat? Waarom praat ze wel met hem en niet met Stefano? Hij steekt zijn sigaar op en in zijn fantasie ziet hij zichzelf met haar op de fossielenkaap wandelen.

'Ja, het lichaam is iets prachtigs... maar als je het zou zien na nauwelijks een dag in de zon en de openlucht, zou je vraag nog dringender worden, je zou je hem elke dag, elk moment stellen...'

Matildes oranje ogen geven echt licht: 'Praat je met Carmina over deze dingen?'

Carminetta, haar fraaie hals, haar pas, die veilige wegen bewandelt.

'Carmina is een intelligente vrouw.'

Eindelijk strijkt hij zijn lok opzij en laat de jonge vrouw zijn voorhoofd zien, laat ze er maar in zien wat ze wil: 'Vertel me liever hoe het op school gaat, Matilde. De enige vrouwelijke docent op het lyceum. Wil je soms ook roken, net als een man? Wil je weten waarover Carmina en ik praten? En waar over praat jij met jouw Stefano? En trouwens, hoeven we wel te praten met iemand die we zo goed kennen?'

Matilde zet haar witte hoed weer op en begint nog meer te stralen: 'Dat klopt, daar heb ik nooit aan gedacht, met iemand die je niet zo goed kent praat je meer… dat is logisch! Maar er moet wel iets zijn wat je daartoe beweegt, je ertoe drijft…'

En dan, als ze al staat, herhaalt ze voor zichzelf maar ook zo dat Efisio het hoort: 'We praten om degene die ons interesseert te leren kennen, dat is het. En thuis, met degene die we al kennen, zwijgen we… Stefano zegt dat ik niet veel praat.'

Efisio zou ook onder die hoed willen staan.

Hij gooit de ramen open, de warme wind dringt de kamer binnen en er valt licht op het lichaam van Giovanni Làconi.

Efisio voelt zich alsof hij op de hoge snaren speelt, waar diminuendo en crescendo als vanzelf gaan.

Hij doet zijn jasje uit, staat een paar tellen met zijn handen in zijn zij en waarschuwt majoor Belasco dan met opgeheven wijsvinger: 'Het is niet makkelijk! Het is allemaal al begonnen… Het is niet goed geconserveerd, er had meer ijs bij gemoeten… Het bad met de zouten is klaar, majoor. De hoeveelheid die ik nu nodig heb, heb ik nog nooit gebruikt. We laten de ramen open en u zult zien dat u de geur al snel niet meer ruikt. Het brein distantieert zich van geuren als het wil, er is alleen wat oefening voor nodig. Maar eerst…'

Hij opent een tas met zijn vergulde initialen.

'… eerst een belofte. Ik moet de arm weer aan de advocaat bevestigen. Dat heeft donna Michela me gevraagd.'

Hij steekt een zwarte draad door het oog van een naald in de vorm van een halve cirkel en legt de instrumenten klaar.

Belasco ziet onder in de tas het lemmet, een glimmend lancet, hij strijkt zijn haar glad en zijn stem is vanochtend minder mooi dan anders: 'Rechter Marchi wil de doodsoorzaak weten, maar hij wil vooral de volgorde van de feiten reconstrueren. Heeft hij hem eerst gewurgd en toen zijn arm geamputeerd? De volgorde, dokter Marini... Ga dus net zo te werk als dokter Sau, die met zijn jarenlange werk achting heeft verworven en...'

Efisio heeft de lok op zijn voorhoofd vastgezet met brillantine, hij heeft een witte jas aangetrokken die tot zijn voeten reikt. Hij stopt met het doorzoeken van zijn tas, gaat kaarsrecht staan, loopt naar Belasco, kijkt hem met zijn koolzwarte ogen strak aan en heft zijn wijsvinger: 'Majoor, ik ben hier op dit moment de autoriteit. Ik beslis, geleid door mijn gevoel van medeleven en mijn kennis, wat er gedaan wordt en in welke volgorde. U weet niet wat er allemaal bij mijn werk komt kijken... alle problemen. Ik ben hier om de zaak te doorgronden en om de advocaat, die al uren geleden in de eeuwigheid is weggegleden, weer bij de kraag te vatten. Kijk, dat is nou precies wat u moet begrijpen: wij bevinden ons oog in oog met de eeuwigheid en dit witte, behaarde lichaam zou een onveranderlijk mineraal kunnen worden en zo aan deze zijde, in ons midden, kunnen blijven.'

Die wijsvinger in de lucht heeft op Belasco de uitwerking van een rode lap op een stier, maar voor de majoor kan antwoorden, is Efisio al begonnen om met de zwarte draad arm en schouder van de advocaat te herenigen, met een droevig stemmende zigzagsteek die de carabiniere tot zwijgen brengt.

Als hij klaar is met de arm, kijkt hij Belasco aan en pakt dan het lancet. Evenwicht moet er zijn, evenwicht.

'Nu de borstkas, majoor.'

Efisio plaatst het mes in het kuiltje van de strot, zet kracht en maakt een grijze snee tot aan het naargeestige schaambeen van de advocaat. Met de sternumschaar klieft hij het borstbeen, spreidt het en – de majoor vindt hem een kannibaal – haalt snel het hart eruit. Hij wast het, droogt het en legt het op het marmeren blad, waar hij het in plakken snijdt, maar zo dat ze nog met een randje aan elkaar blijven zitten: een boek dat hij een paar keer open- en dichtdoet alsof hij erin leest.

Hij onderzoekt het met een loep, hij legt het terug in zijn donkere holte, die hij snel en kundig weer dichtnaait.

Dan gaat hij, zwijgend, bij het grote raam van de snijzaal staan en ademt zo veel lucht in als hij kan.

Hij kijkt op zijn horloge: twintig minuten heeft hij nodig gehad om Giovanni open te maken en weer dicht.

Hij steekt een sigaartje op: 'Ik ben klaar, majoor, en nu breng ik de advocaat weer op orde, zoals zijn moeder heeft gevraagd. Sneller dan dokter Sau. Stuurt u de lijkdrager maar naar me toe. We moeten het lijk in de vloeistof leggen. Ik blijf hier om te ademen, ik wil even ademhalen bij het raam.'

Belasco voelt zich slap van die lucht, dat snijden, het geluid van vlees en botten, dat geglibber van organen, en is blij dat hij weg kan uit de snijzaal.

De lijkdrager Matteo komt binnen, een tevreden knekelman die ook klokkenluider is van de kathedraal, en als hij de opgelapte advocaat ziet, mompelt hij: 'Dit is bedrog, dit is bedrog.'

'Zo, Matteo, we moeten Làconi in dat bad leggen… dat is alles. En dan moeten er gewichten op om hem naar de bodem te duwen. Maar eerst moet dit ingeslagen voorhoofd worden opgelapt. Het was een mooi voorhoofd en we maken het weer even rond en peinzend als het was.'

Hij haalt een boor uit zijn tas en boort een gat in de slaap, verborgen tussen het haar, terwijl Matteo, een en al concentratie, het hoofd van de dode vasthoudt. Daarna schuift hij een metalen hefboom in het gat waarmee hij van binnenuit tegen de misvormde botten duwt; het voorhoofd neemt zijn natuurlijke kromming weer aan, en op het gezicht van de advocaat verschijnt opnieuw een kalme, beheerste uitdrukking, al zie je aan de opengezakte onderkaak nog hoe de angst hem te grazen heeft genomen.

Dus zet Efisio, met een steek door het tandvlees, de twee rijen tanden op elkaar en sluit voorgoed Giovanni Làconi's mond.

'Hij moet anderhalve dag in het elektrische bad blijven liggen, Matteo. Er is helemaal geen bedrog in het spel, trek niet zo'n gezicht... Maar als de ontbinding weer toeslaat, word ik de risée... Alsof ik ze al hoor, die nietsnutten uit mijn buurt, die buiten op hun bankjes, met de ribbels in hun kont, hun tijd zitten te verbeuzelen...'

Hij helpt Matteo en keert terug naar het raam.

Belasco komt weer binnen, ziet het grijze lichaam in het bad, dat op de bodem wordt gehouden door een paar loden gewichten die aan handen en voeten zijn bevestigd, en merkt op dat de brillantine die Efisio's lok in bedwang hield het heeft opgegeven.

'Ziet u dat, majoor? Daar is advocaat Làconi weer. Dit is maar handwerk. Maar nu moet ik met u praten... De advocaat is niet vermoord...'

Die wijsvinger, die wijsvinger, denkt Belasco. 'Rechter Marchi verwacht ons op het paleis van justitie, laten we gaan.'

De majoor is al op weg naar de deur, hij staat abrupt stil en keert zich om, Efisio's opmerking is zijn hersenpan binnengedrongen: 'Wat zegt u, dokter Marini? Is hij niet vermoord, is hij niet gewurgd?'

Efisio heeft zijn witte jas uitgedaan: 'Nee.'

Ze laten Matteo als bewaker bij het bad met de advocaat achter en lopen de gang in.

'Is hij niet vermoord?'

'Nee.'

Dit 'nee', 'nee' en verder niets, is een provocatie, een schoffering bijna, maar Belasco heeft zijn trots en stelt geen verdere vragen. Efisio is heel behendig met die wijsvinger, hij heeft hem voor elke uitleg klaar.

Matilde is alleen achtergebleven in het café. Beschut door haar hoed wacht zij tot het ijs haar wat verkoelt en Stefano Mele, haar verloofde, klaar is met zijn werk op het kantoor van notaris Dettori en met de calèche naar zee komt.

Het klopt als een bus, Efisio heeft gelijk: wat is er voor lol aan om met iemand te praten die je goed kent? Die lok, óf ze knipt hem af, óf ze geeft hem een schuifspeldje cadeau met iets erin gegraveerd, maar zo klein dat je er een loep voor nodig hebt.

In de tussentijd telt ze hoeveel mannen die schaduw zoeken onder het zonnescherm van het café, naar haar kijken, en ze stelt voor haar plezier in gedachten een catalogus op van alle soorten blikken. Maar zij heeft nooit begrepen of haar kleuren, die zeldzaam zijn in deze stad, mannen aantrekken of alleen maar nieuwsgierig maken. Ze vermoedt dat die mannen, qua aanleg en verlangen, voorbestemd blijven voor de donkere huid en het zwarte haar van de andere vrouwen. Maar daar heeft ze nog nooit met iemand over gepraat.

Ook Stefano – is Matilde opgevallen – kijkt op een manier die voor haar gevoel maar één, obscene, betekenis heeft naar die andere vrouwen, die donkere, halve Arabieren. Daarom telt ze de blikken van de mannen, ze deelt ze in naar soort en probeert ze te begrijpen.

6

Een gemengde menigte bevolkt het plein voor het Gerecht des Konings. Bleke *nuraghe*-bewoners, met grote hoofden, harige handen en korte dijbenen die gemaakt zijn voor de omhoog cirkelende straten van de stad. Arabieren met jukbeenderen en krullen die van de Afrikaanse kusten komen waar hun bloed altijd naar terugverlangt. En afgezonderd van de andere, een niet erg talrijk ras, blank en geciviliseerd, blond zelfs, zij het enigszins getint door de zuidelijke zon.

Deze drie rassen vermengen zich niet en keren elke avond terug naar hun eigen wijken, die de wet met muren en poorten van elkaar gescheiden heeft om de verschillende soorten in stand te houden; ze drukken hun eigen genetische stempel zelfs op hun kleren, hun eten, hun huizen en hun werk.

Efisio komt van ver. Zijn broer Salvatore – de driedimensionale ziel van de familie die zijn vaders handel in de haven heeft overgenomen – heeft altijd gedacht dat hij afstamde van een of andere nomade die de sterren en planeten bestudeert zonder zich druk te maken over voedsel, water en aarde. Maar Efisio zou, met de typische hooghartigheid van een eenzelvige jongeman, de aarde en de hemel graag met elkaar verenigen, zelfs hier, ten overstaan van Belasco en rechter Marchi van het Gerecht des Konings.

In de werkkamer van de perkamenten magistraat is het duister en stil, je hoort alleen wat geroezemoes van het plein en af en toe bollen de witte gordijnen op.

De rechter, zijn gezicht bijeengehouden door rimpels zo

diep dat ze ingekerfd lijken, gebruikt een dikke, witte opgetrokken wenkbrauw om degene die voor hem staat te waarschuwen.

'Zegt u het eens, dokter Marini.'

Efisio heft zijn wijsvinger: 'De angst, de duivel van de angst heeft advocaat Làconi gedood en zijn hart zwart gemaakt. Het hart van de advocaat had een *zwarte punt*, meneer de rechter.'

Belasco, die in het bijzijn van Marchi de vinger van Efisio nog slechter verdraagt, zet de donkerste stem op die hij heeft: 'Dokter Marini, dit is iets tussen een gedicht en een bijbelse verwensing in... U bent arts en de familie Làconi heeft u opgedragen uw plicht te doen en sectie te verrichten op het lijk van de advocaat, niet om in raadselen te spreken. Er is een moord gepleegd... een moord!'

De majoor kijkt naar de rechter, die zijn koffie opdrinkt, en vindt dat hij gezegd heeft wat gezegd moest worden en met gepaste stem, donker en serieus.

Alberto Marchi zwijgt en houdt de slokjes koffie vast tegen zijn gehemelte. Vijftig jaar geleden – toen hij twaalf was – had hij een ophanging op de Piazza Salvatore Cadello bijgewoond, en het afhakken van het hoofd, dat dagenlang op het schavot te bezichtigen was. Sindsdien heeft de angst hem niet meer verlaten, angst voor de galg en voor de menigte, en hij heeft een techniek ontwikkeld van het nietsdoen, hij roept elke handeling een halt toe, hij werpt een dam op tegen de feiten die, als het aan hem lag, niet eens zouden plaatsvinden. Daarom blijft hij altijd in het duister, in de beschutting, en heeft hij de kleur van perkament. De kwestie dat je van schrik dood kunt gaan zet hem aan het denken... Maar misschien is deze Marini gewoon te jong, dat is alles, en heeft hij er verkeerd aan gedaan deze knaap zulke grote zaken in handen te geven.

'Verklaar u nader, dokter. Wat betekent het dat het hart

van de advocaat een zwarte punt had?'

'Dat betekent, edelachtbare, dat het hart, dat misschien al ziek was, stil is blijven staan, of liever, dat de hartpunt stil is blijven staan, waardoor ook de rest is gestopt, aangezien het hart, zoals dokter Sau ons leert, het geheel in beweging zet.'

'Laat uw collega Sau erbuiten. Is wurging de oorzaak van de hartstilstand?' vraagt Marchi.

'Nee, het is daarvoor al stil blijven staan omdat hij doodsbang was te worden vermoord. De angst heeft het tot staan gebracht.'

De rechter kijkt hem vorsend aan. Hij gunt deze jongeman niet het plezier van een vraag van zijn kant.

Efisio voelt zich opgetogen als een acteur op het toneel, een musicus met zijn instrument, een schilder die zijn schilderij tentoonstelt.

'Die zwarte striem van het touw om zijn nek is niet de doodsoorzaak, net zomin als dat arme, door een klap met een steen ingeslagen hoofd. Wie zijn handen om de nek van de advocaat heeft gelegd, heeft, als je dat kunt zeggen, een dode gewurgd, hij heeft de schedel van een dode ingeslagen en een dode verminkt. Daaruit volgt dat wie dit alles heeft gedaan, niemands moordenaar is want je kunt een dode niet vermoorden, ook al kun je een dode niet niemand noemen. Hoe u het ook wendt of keert, desnoods op rijm, majoor Belasco, de eerste en doorslaggevende gebeurtenis was dat zijn hart het begaf. Om die reden heeft de nek niet gebloed, ondanks het feit dat er een striem van het touw in staat, en om dezelfde reden is er geen bloed uit het hoofd gekomen, en ook niet uit de schouder. Het lijk lag niet in een plas bloed, dat weet ik zeker! Dat klopt toch?'

'Ja, dat klopt.' Belasco kijkt naar Marchi. 'Er lag geen bloed.'

'De kolkende bloedstroom, een dichterlijke uitdrukking die echter precies aangeeft hoe het zit, was al tot stilstand gekomen en de advocaat was al dood. Dat heet determinisme, het onderzoek dat…'

Belasco kan er niet tegen, hij kan er echt niet tegen. Die knul met altijd en eeuwig die wijsvinger bezorgt hem pijn in zijn nek die niet overgaat als hij zijn mond houdt: 'Determinisme, dokter Marini, determinisme? Wat voor woorden moeten we nog meer aanhoren? Hoe vaak moet ik die arrogante vinger van u nog zien? Al was het de vinger waarmee God de wereld schiep! We hebben het begrepen! U heeft uw werk gedaan. Het tweede deel, ik bedoel de mummificatie, doet u niet op verzoek van de wet maar van een stokoude moeder die wil dat haar zoon in tact blijft. Dat is alles! Maar u krult, versiert, verfraait alles wat u zegt alsof…'

De kinderlijke, plagerige kant van Efisio houdt zijn andere kant, die hem verleidt tot exhibitionisme, in evenwicht: 'U beklaagt zich over mijn wijsvinger? U? Wat dan te zeggen van uw gesteven borstkas, waar geen gewoon menselijk kraakbeen en bot aan te pas lijken te komen? En van uw stem, die meer iets voor een parade is? En wat moet ik denken van iemand die oordeelt over feiten die hij nooit zal begrijpen? U hebt zich niet eens afgevraagd waarom er geen bloed lag bij het lijk van Giovanni Làconi! Nee, majoor, *aquila non captat muscas…*'

Er zwelt een ader op het voorhoofd van Belasco: 'De adelaar vangt geen vliegen? En u bent een adelaar en ik een brutale vlieg? Bedoelt u dat te zeggen?'

'Ik bedoel dat ik me niet met u bezighoud, majoor, dat bedoel ik te zeggen. Ik, ik heb u in drie kwartier een aantal feiten uitgelegd waar dokter Sau een week over zou hebben gedaan, ik heb advocaat Làconi in zijn menselijke staat teruggebracht terwijl u hem met afgehakte arm en ingeslagen voorhoofd in de grond zou hebben gestopt. Ik ga hem conserveren zodat een piepklein deel van het mysterie…'

Marchi is een man met een niet gering brein, dat echter

traag werkt en, bovenal, zelden buiten de zalen van het Gerecht des Konings komt. Hij kijkt Efisio en Belasco niet eens aan; en die houden hun mond als de rechter spreekt.

'Deze zaak loopt het risico nooit afgesloten te worden. De familie Làconi, en alle advocaten van de stad, zullen vragen wie Giovanni Làconi op de pier is tegengekomen, wie dit alles heeft aangericht... wie, wie, eindeloos wie. Dat blijft in het geheugen hangen, het zal de archieven ontregelen... en rechter Marchi zal in de herinnering voortleven omdat hij de moordenaar van een reeds overleden man niet heeft gevonden en berecht.'

Hij wendt zich nu tot Belasco: 'Majoor, ik berecht criminelen als ze voor mij verschijnen. Het onderzoek is uw verantwoordelijkheid en onderzoek is actie! Weet u wat rechter Cara altijd zei? Breng de mensen in beweging en laat ze lopen, dan komt er zelfs iets onder de stenen vandaan, en onder de stenen zit van alles, van alles! Dokter Marini is jong, erg jong, maar hij heeft een belangrijk punt opgehelderd: we moeten naar een moordenaar zoeken die de angst gebruikt om te doden! De advocaat is verminkt, in elkaar geslagen, maar hem is het leven benomen met het meest dodelijke gif dat er is: angst! Dus voor justitie is dit een geval van moord: er is een dode, er is de opzet om te doden en we hebben ook het wapen ontdekt: de angst.' Daarna kijkt hij Efisio aan: 'Moord, het is moord.'

Efisio voelt iets in zijn handen en op zijn tong kriebelen: 'Meneer de rechter, een gek doet iets en laat sporen achter die hem verraden! Misschien heeft hij niet eens gemerkt dat Giovanni Làconi al dood was! Denkt u eens na over wat hij met de advocaat heeft gedaan... iedere handeling die hij met dat lichaam heeft uitgevoerd is zonder meer van belang en heeft een grote betekenis voor de krankzinnige moordenaar die ons symbolen aanreikt, en symbolen zijn sporen...'

Marchi zet een flinke stem op, net als in de rechtszaal:

'Symbolen? Wie zegt dat de moordenaar krankzinnig is, dokter Marini? U hebt een week de tijd om uw rapport te schrijven, ook al zou u, snel als u zegt te zijn, genoeg hebben aan een dag. Een week de tijd om na te denken. Als u dan een betekenis vindt voor de dingen – let wel, voor de feitelijkheden – zet dan alles goed op een rij en zet dat in uw rapport. Niets in deze kamer mag naar buiten komen en alles dient later hier weer samen te komen. En ik wil niets lezen over symbolen, denk erom... Ik haat symbolen... Symbolen zaaien verwarring. Wat betreft de mummie beslis ik dat die ter beschikking van justitie blijft. En denk eraan: hier praten we over feiten en misdaden. En verder...'

Nu praat hij in zichzelf, met zijn hand tegen zijn voorhoofd, de dikke wenkbrauwen hangen over zijn ogen: '... en verder het archief... de herinnering aan rechter Marchi dient geen twijfels op te roepen, een herinnering aan rechtvaardigheid.... Ik wil de waarheid op papier en de waarheid heeft weinig woorden nodig... Terwijl het hier feiten regent die een halt toegeroepen dienen te worden want ze ontnemen het zicht op de waarheid.'

Efisio en Belasco lopen achterwaarts naar de deur, die de majoor zachtjes dichtdoet, zoals je weggaat uit een kamer waarin een zieke slaapt die snel wakker is.

Hij is te kort, de schaduw van de klep van opperwachtmeester Testa, die verblind wordt door het wit van het bouwvallige huis op de pier. Hij is veel te dik, de stof die de kleermakers van het Piëmontese leger hebben uitgekozen voor andere klimaten, en de carabiniere zweet en drinkt voortdurend lauw water uit zijn veldfles.

'Linnen? Een linnen lap?' Belasco is ook bezweet.

'Ja, majoor, hij hing aan een spijker in het huis op de pier.'

'Geef hier.'

Een linnen lap met gekleurde ruitjes.

Majoor Belasco vouwt hem op en stopt hem in zijn zak.

'Goed zo, Testa, je kunt gaan zwemmen, als je wilt. Dit zou, dat wist jij niet, volgens die magere dokter met z'n lokken wel eens niets minder dan het gewaad van de angst kunnen zijn.'

Efisio Marini heeft gelijk: Belasco komt niet zo makkelijk uit zijn woorden en heeft de neiging onbuigzaam te zijn. Dat kun je ook zeggen van zijn gedachten, die zich langs één rechte lijn ontwikkelen. Maar hij is wel krachtdadig, niet ijdel en hij is zorgvuldig, zoals rechter Marchi verlangt. En als er tot zijn ongenoegen geen sprake is van een rechte lijn, buigt hij zelfs mee, is wendbaar en laat zich niet afleiden.

Het stuk stof is een spoor maar het is niet duidelijk waar de lijn heen loopt.

Testa heeft zich uitgekleed en is lekker aan het zwemmen.

'Nee, nee, majoor. Mijn vader Giovanni hield zich alleen met zaken bezig die geen enkel risico met zich mee brachten, zelfs niet het meest onzichtbare. Hij vertrouwde niemand... maar dat heeft niet geholpen. Ik heb tientallen dossiers doorgenomen, tot 1842. In dat jaar heeft hij een Tunesische vrouw verdedigd die uit Djerba hierheen was gekomen om stoffen te verkopen, dat staat tenminste in de stukken. Ze was getrouwd met een boer uit haar eigen streek, die haar niet meer als vrouw erkende, hij wilde haar verstoten en eiste zijn dochter op. Pappa was de advocaat van de Tunesische moeder. Haar man had een advocaat uit Tunis genomen, hier zijn de brieven van de raadslieden... Het zijn er in de loop der jaren minder geworden...'

'Waarom vertelt u me dit, signorina Giacinta?'

Giacinta heeft hoofdpijn: 'Omdat deze zaak nooit is afgehandeld... Dit kan een gevaar voor pappa hebben opgeleverd; dit kan... de enige onafgemaakte zaak... Hij pakte het dossier af en toe weer op en bladerde het door... Dan werd hij somber... Leest u zelf maar, er wordt veel duidelijk uit deze papieren... Ik word er verdrietig van. Dit vormde een bedreiging: hij zei altijd dat de haat tussen echtelieden een van de ergste is.'

Belasco interesseert zich niet voor de haat tussen man en vrouw en rekent: 'Uit '42... twintig jaar geleden. Waarom wilde die Tunesiër zijn vrouw eigenlijk verstoten?'

'Hier is het dossier... het zijn honderden pagina's. Kijkt u eens goed naar de data, majoor. Onze stagiair, advocaat Mauro Mamùsa, een man die we vertrouwen en die bijna een maat van mijn vader was, heeft ze van begin tot eind doorgenomen. Nu is hij de baas op kantoor en zou ik hem eigenlijk geen stagiair meer moeten noemen.'

'U had het over een dochter, signorina Giacinta.'

'Het staat allemaal in de stukken. Rechter Marchi zat de rechtbank voor, hij was toen eigenlijk nog een jonge man.'

Belasco, die nog steeds staat, werpt een blik op het dossier, tekent voor ontvangst, kust de hand van Giacinta Làconi – hij had niet gedacht dat die zo warm zou zijn – en vertrekt.

Mauro Mamùsa komt de kamer binnen, schuift de gordijnen dicht, loopt de vier kamers van het kantoor en de wachtkamer na: er is niemand. Giacinta voelt een rilling over haar rug die verandert in wind in haar hoofd, een wind waarvan ze gaat transpireren en daar kan ze niets aan doen.

Gereutel en dan de gedaanteverwisseling. Hij krijgt de houding en ook de kleur van een kreeft die Giacinta tussen zijn scharen klemt. Hij laat haar staan, draait haar om, duwt haar hoofd omlaag en tilt grommend haar rok op, rukt het kant weg en laat haar vooroverbuigen. Ook zij ondergaat een gedaanteverwisseling door het bloed dat nu overal sneller stroomt, waardoor haar contouren veranderen. Haar gezicht is opgezet, ze lijkt ziek maar dor is ze niet meer. Hij puft, puft en dan duwt hij haar, ontwricht en schaamteloos, met nog een grom ten teken dat het is afgelopen, in een luie stoel waar ze, alsof ze chloroform heeft ingeademd, bezweet in slaap valt met haar benen bloot. Hij, de mannelijke kreeft, knoopt zijn broek dicht en loopt naar het bureau, vanwaar hij naar de slapende Giacinta staart.

Er blijft een dierlijke geur in het kantoor hangen, die advocaat Làconi weleens had geroken zonder te begrijpen om welk beest het ging.

7

Salvatore Marini heeft de vertrouwenwekkende regelmatigheid van een geometrische figuur met een brede basis. Hij is vier jaar ouder dan Efisio, maar de twee broers hebben zich op zo'n uiteenlopende manier ontwikkeld dat ze van kinds af aan gefascineerd waren door hun onderlinge verschillen, ook de fysieke, en beiden lieten merken dat ze zich voor elkaar interesseerden en elkaar nodig hadden. Daarom zochten ze voortdurend elkaars gezelschap.

Net als zijn vader Girolamo, heeft Salvatore een potlood achter zijn oor en gaat hij, zelfs in de zomer, in het zwart gekleed. Terwijl hij samen met zijn broer in het havenpakhuis van de familie is, luistert hij naar Efisio die, zijn haar in de war, verfomfaaid, met koortsige ogen, armen in de lucht, schreeuwt: 'Het is gelukt! Het is gelukt! Het is allemaal begonnen met die volkomen intacte, volkomen dode meerkoet die ik tien jaar geleden gevonden had in het turf! Weet je nog? Nu is de advocaat weer onder ons en lijkt een van ons, maar harder dan wij, bestendiger dan wij! Het is gelukt! Het is gelukt!'

Efisio is in een stroomversnelling geraakt en voelt zich meegesleurd worden.

'Door mij blijft hij nu goed zolang steen goed blijft! Je moet komen kijken! Waar zijn de lolbroeken van deze door de muizen geregeerde stad nu? Waar zijn ze nou, die lui die de mummificeerder uitlachen? Ze zullen het in hun broek doen van angst als ze Giovanni Làconi zien, die hen vanonder zijn half geloken oogleden aankijkt... Giovanni, die ze van gene zijde aankijkt. Kom, Salvatore, ik wil dat je hem meteen ziet en mocht hij ons ook zien, dan zal hij me dankbaar zijn dat ik hem van een maaltijd voor vliegen en witte wormen veranderd heb in een echt mens, al is het dan van steen! De tand des tijds heeft zich stukgebeten op het lichaam van Giovanni!'

Salvatore haalt het potlood achter zijn oor vandaan en volgt Efisio, die huppelend voor hem uit loopt naar de calèche. Ze doen de hele weg in draf, ze transpireren, en ze praten niet. Als ze uitstappen pakt Salvatore een kammetje uit zijn zak en geeft het aan zijn broer: 'Laten we ons een beetje opknappen. We gaan een dode zien die ons misschien ook ziet.'

Het is donker in de kamer. Efisio doet de luiken open en het licht valt op het witte, harige lichaam van de advocaat, dat naakt is, met de handen gekruist over de borst en het hoofd iets opzij gedraaid.

Het licht.

Salvatore, die niet vertrouwd is met de dood – in huize Marini werd nooit gezegd 'die en die is dood', men zei 'die en die is ons ontvallen', 'is er niet meer', 'heeft de geest gegeven' – is dankbaar voor al dat licht dat hem, ook in fysieke zin, het tegendeel lijkt van wat daar voor hem ligt. Voor hem is advocaat Làconi nog altijd dezelfde en hij zou ervandoor willen gaan, zijn potlood willen pakken en tot etenstijd vel na vel met berekeningen willen vol schrijven.

Efisio duwt hem naar zijn werkstuk, pakt zijn hand en laat hem een schouder van het standbeeld voelen: 'Nu heerst de volmaakte orde van het mineraal dat in de plaats is gekomen van de veel te onvoorspelbare materie waaruit wij bestaan! Er is een rust over mij gekomen die me bedwelmt en die ik niet kan beschrijven... Ik zou het niet moeten zeggen, ik zou het niet eens moeten denken... maar ik voel me perfect, Salvatore, onkwetsbaar. Er kan van alles met me gebeuren, ik voel de wereld draaien, ik heb het natuurlijke evenwicht bereikt! Ik voel de eeuwigheid niet meer, ik voel het juk op mijn schouders niet meer, ik zie geen straf meer en pijn...'

Salvatore kijkt naar de advocaat, die zo wit is dat hij van bleekte gestorven lijkt te zijn, dan komt hij dichterbij en ademt diep. Hij ademt, hij voelt zijn hart, hij voelt zijn maag, alle vijf de zintuigen, elk deel van hem.

'Wat heb je gedaan, Efisio?'

De angst loopt langzaam langs de muren van het getto. Hij kijkt naar de roodloze zonsondergang. Een licht dat niet meer ophoudt, maakt iedereen in de stad bang, en de mensen komen hun huizen uit om te praten over deze zon die er op dit uur niet zou moeten zijn en dit licht dat niet verflauwt.

De angst kijkt naar alles, vooral naar de verschrikte gezichten, en loopt door.

Hij bereikt de Via del Sagrato. Tea Làconi's ramen aan de noordkant – boven de muren – staan op een kier en wachten op wat verkoeling. De poort staat een klein stukje open.

Hij werpt een blik om zich heen, ze staan allemaal omhoog te kijken naar de noordelijke zon die vandaag ook in het zuiden staat, wat iets moet betekenen, maar niemand begrijpt wat.

8

Ze zien haar langzaam vanaf het balkon boven de stadsmuren naar beneden vliegen. Met haar rok die opbolt als een paraplu slaat Tea eerst tegen een steunbeer en vliegt dan nog twintig meter verder tot de aarden wal rond de vestinggracht van San Genesio.

'Ze was al bij de eerste klap dood!' schreeuwt een koortje schooiertjes die onder aan de stadsmuren herrie schoppen en, schreeuwend en springend van opwinding over het nieuwe spel, Tea Làconi bereiken, die – zeggen de kinderen – uit elkaar is gespat tussen de droge struiken en de rotzooi die vanuit de huizen daarboven naar beneden wordt gesmeten.

Er arriveren vier infanteristen van de gendarmerie van Castello die de onderbroekloze snotjochies wegjagen en twee volwassen getuigen opbrengen die zonder naar de dode te durven kijken, schreeuwen: 'We zagen haar daarboven aan de reling hangen, daarboven! Ze bleef een poosje zo hangen... Ze hield het niet meer en suisde naar beneden... net een paraplu... de stakkerd, misschien had ze zich bedacht en wilde ze zich niet meer naar beneden gooien... Het is de vrouw van advocaat Làconi.'

Tea ligt op haar buik, haar armen in een kruis, haar zwarte weduwekousen onbedekt, haar zwarte jurk aan flarden; haar ogen open, haar hoofd rustend op haar wang en haar mond wijdopen. Niemand heeft een schreeuw gehoord toen ze viel en iedereen zweert dat ze langzaam naar beneden is gekomen.

Saverio, de jongste van de gendarmes, is vreselijk misselijk en denkt aan zijn dorp op de laagvlakte: daar sterft iedereen wanneer het zijn tijd is en zonder zich pijn te doen, denkt hij. En hij denkt ook dat deze vrouw, die aardig en gedwee lijkt, geen spat bloed heeft vergoten terwijl er vanbinnen niets van haar over moet zijn. Een val van vijftig meter.

'De dokter die de doden beter maakt!' roept een roetig jongetje.

Efisio Marini hoort het en weet niet of dit de gebruikelijke grappenmakerij van zijn stad is of een nieuwe vorm van respect; het interesseert hem niet, en hij loopt naar Tea's gehavende lichaam. De hemel weet waarom hem nu – als tegengif misschien tegen de schrik – Matilde te binnen schiet met haar appel voor de mooiste van het land en het licht dat door de rand van haar hoed schijnt.

Hij is gekomen omdat Giacinta Làconi het heeft gevraagd. Ze zei dat ze zich minder verdrietig voelde als hij daar bij haar moeder was.

Hij gaat op een steen zitten, staart lang naar Tea; hij laat zijn blik rusten op haar handen, kijkt dan op naar de ramen van huize Làconi en zoekt het open raam van waaruit zij naar beneden is gevlogen.

De zon is eindelijk een zonsondergangzon geworden en een langgerekte wolk met gouden rand is een uitgesproken rouwwolk.

9

'Ik heb niets met deze geschiedenis te maken! Ik heb niets te maken met die bleekscheet van een advocaat, die armoedzaaier die nooit koffie, een ijsje of een koek nam om maar niets uit te hoeven geven... Die man leefde met een weegschaaltje, zelfs zijn ademhaling woog hij af! Majoor Belasco, vraag me niets over advocaat Làconi...'

Perseo Marciàlis is een grote man, in het wit gekleed, rood golvend haar dat vanaf zijn lage voorhoofd naar beneden valt.

'Ik heb geen enkele goede herinnering aan hem. Er kwam een graflucht uit zijn mond, maar hij weigerde pepermunt! En dan die zieltogende stem...'

Marciàlis is handelaar in alles wat de haven binnenkomt. Belasco heeft een hekel aan hem omdat hij de ochtenden doorbrengt op de kades om zijn zaken te regelen, zonder kantoor, inktpotten, papieren of secretarissen, en 's avonds in het café hangt. Hij is oncontroleerbaar want zijn werk bestaat uit woorden, blikken en handdrukken: oosters gedoe. Belasco vindt dat eigenlijk geen werk. Hij weet dat hij omgaat met een half Berberse vrouw, die hem, zeggen ze, gek maakt – in de zin dat hij door haar geen enkele schaamte meer kent – en vanaf de straat is het geluid van hun rendez-vous te horen. Maar dat is misschien kwaadsprekerij.

Terwijl hij zachtjes, zonder ze te plat te drukken, over zijn rode golven strijkt, gaat Marciàlis verder: 'Maar ik vind het erg van zijn vrouw, een goed mens, Tea Làconi. Ik kende haar omdat ze bij me kocht. En nu u het me vraagt, ik kende de dochter en de moeder van de advocaat en ik heb zo mijn ideeën.'

Belasco staat – hij staat altijd als hij dienst heeft – en hij staat rechtop: 'Mooi huis, mijnheer Marciàlis.'

'Ook van hieruit hou ik de haven in de gaten, majoor. Hebt u al gegeten?'

'Ja, dank u.'

Perseo rinkelt met een bel en er komt een oude vrouw binnen die een dienblad draagt.

'Visbouillon en heerlijke gekookte schorpioenvis. Er is voor twee. En Provençaalse wijn die ik uit Nice krijg, drinkt u maar een glas, het is niet die sterke wijn die wij hier drinken, van deze word je niet suf.'

'Dank u, maar er wordt op mij gewacht. Eén vraag, mijnheer Marciàlis, en dan ga ik.'

Belasco haalt het stuk geruite linnen uit zijn zak: 'Wat kunt u mij over deze stof vertellen?'

De golven van Marciàlis roeren zich: 'Dat is spul dat ik verhandel, majoor. Is dat wat u wilt weten? Aan wie ik die stof heb verkocht? Ik heb 'm aan de halve stad verkocht. Dit bezoek begint een kant uit te gaan die me niet bevalt. Als u me wilt verhoren, roep me dan op, dan kom ik naar het Gerecht des Konings en neem alle stoffen mee die u wilt.'

De toon van de handelaar zint de majoor niet en hij verheft zijn stem: 'Morgenochtend om negen uur op het Gerecht des Konings, hier is uw dagvaarding.'

Perseo slaakt een diepe zucht: 'Ik haatte advocaat Làconi, dat kunt u direct op schrift stellen. Nog even en het was hem gelukt me te ruïneren... De handel die ik drijf noemde hij sluikhandel... met piraten... dezelfde piraten, zei hij in zijn preken voor het gerecht, die tot vijftig jaar geleden slaven kwamen roven in onze dorpen. Maar het zijn mensen zoals u en ik, majoor, en ik werk al dertig jaar met ze... Sluikhandel, zei hij! En op zo'n verdomde inquisitietoon! En die pikkebijl van een dochter die bij hem werkte? Mijn hemel, die! Maar zal ik u eens wat zeggen? Donna Michela heeft ze met haar tweeënnegentig jaar allemaal in haar macht, want het hoofd van die vrouw werkt beter dan een dubbele boekhouding: denk eraan, het loopt allemaal gesmeerd in die bovenkamer van haar.'

Belasco is al bij de deur: 'Morgenochtend om negen uur op het Gerecht des Konings. En neem de boeken van uw *sluikhandel* mee, als u die hebt.'

Marciàlis, die achter zijn visbouillon zit, zegt: 'Hoe dan ook, die stof komt uit Bizerte, ik heb er nog twee rollen van in de Via Barcellona, als de muizen ze niet opgevreten hebben. Het kost een scheet en een knikker. Wat een mooie avond! Om negen uur zal ik op het Gerecht des Konings zijn, majoor.'

Belasco vertrekt.

Perseo blijft een poosje met gebogen hoofd zitten en roept dan: 'Marcellina, wijn! Die stijve hark denkt toch niet dat hij me bang kan maken? Hij bleef rechtop staan om te zien hoe ik reageerde op de naam van de familie Làconi! Morgen naar rechter Marchi! En ik zou bang moeten zijn voor een oude man die over zijn schoenen piest? Giacinta… die leeft nog, die asgrauwe vrouw! En donna Michela ook!'

Marcellina is oud, klein en snel: 'Eet je soep, Perseo, en niet drinken op je nuchtere maag.'

Maar Perseo heeft al gedronken en de golven op zijn hoofd zwellen aan: 'Hou je mond, schijtwijf! Geef me pen en papier, morgenochtend moet je een brief brengen naar kapitein Luxòro. Zijn schip vertrekt om tien uur.'

Marcellina doet wat haar gezegd wordt en moppert niet, ze wordt nooit moe, ze doet nog steeds dezelfde dingen als toen ze een jong meisje was en vanuit een dorpje in het moeras bij de stad hier belandde omdat haar familie was uitgeroeid door de malaria.

Al een hele tijd moet ze elke avond, na het avondeten, driemaal aankloppen bij het appartement op de bovenverdieping.

Onmiddellijk verschijnt dan Maria He 'Ftha, de helse stoot – zo noemen de niksnutten op de bankjes haar – die de bron is van alle handeltjes, smokkelpraktijken en energie van Perseo Marciàlis.

Maria is in deze stad geboren, als dochter van een berbervrouw uit, zei men, Djerba. Van de Arabieren heeft ze haar doorschijnende huid geërfd, die, samen met het zwart van haar ogen, de krachten van de veertigjarige Perseo vele malen heeft doen toenemen. Toen de berbervrouw zwanger raakte, was haar man niet aanwezig, sterker, hij was nog nooit in de stad geweest. Maar dat herinneren zich maar weinigen.

Het meisje gaat de kamer in. Hij heeft alle lampen aangestoken en haar huid – ze heeft geen enkele wroeging, zeggen ze – straalt een licht uit dat Perseo elke keer weer verblindt en om dit licht heeft hij besloten het huis aan Maria te schenken zodat ze binnenblijft en zich alleen aan hem laat zien.

Giacinta ligt nu weer op de bank, gesloopt, als een vod, en in een diepe slaap verzonken die even gewelddadig is als de feiten die eraan vooraf zijn gegaan. Een korte slaap die een en al pijn is. Tijdens de daad verplettert hij haar, ze krijgt geen adem, en hij dwingt haar in zo'n beestachtige houding dat er, daarna, van Giacinta alleen nog maar dat deel lijkt te bestaan.

Mamùsa wacht tot ze weer wakker wordt. Vanachter zijn bureau staart hij naar haar ontredderde heupen, die er open en bloot bijliggen alsof ze het wezen van Giacinta zijn.

'Hoe lang heb ik geslapen?'

'Even. Fatsoeneer je een beetje en ga zitten.'

'Ik heb moeite met ademen.'

'Dat gaat wel over. Zo meteen is alles weer in orde.'

IO

Een mooie zonnestraal valt op de enige haar van meneer Fois Caraffa en volgt die ene haar, die op een dusdanig ingewikkelde manier over zijn hoofd is geplakt dat je niet ziet waar hij oorspronkelijk vandaan komt. De mensen die bij de schouwburg werken vertellen dat de haar windbestendig is, kronkelig als een bergpad en eeuwig, dus dat hij hem zal overleven en, zeggen ze, zal worden bijgezet in een vergulde reliekschrijn in de kleedkamers van de schouwburg, als talisman voor de zangers die het toneel betreden.

Wat draagt die man veel ringen en kettingen.

'Dokter Marini, Tea Làconi is gestorven zoals iedereen weet, zoals de *Gazzetta* heeft geschreven, en zoals iedereen zich voor kan stellen: na dertig jaar huwelijk kon ze niet meer zonder Giovanni…'

'Drieëndertig, meneer Fois Caraffa, de leeftijd van haar dochter.'

'Na drieëndertig jaar huwelijk is haar man vermoord, en zij heeft besloten hem te volgen. De dood van een levensgezel die je zo lang, elke dag, elke ochtend, elk middag- en avondmaal, elke nacht gezelschap heeft gehouden, is net een amputatie.'

'Laten we het niet over amputaties hebben, meneer. Arme Tea, een korte val… door de aarde naar beneden getrokken… De aarde trekt ons aan…'

Fois Caraffa, die je direct aan voorgerechten, wijn en vooral vlees doet denken als je hem zo ziet, hoort die opmerking over de aarde niet eens en geeft het gesprek een andere wending: 'Advocaat Làconi doneerde elk jaar in juli een bedrag aan het theater voor het seizoen dat in september begint. Vorig jaar was hij degene die ons financieel ondersteunde voor de patriottische avonden ter viering van de inname van Ancona en de inlijving van Napels in het koninkrijk. Een zwijgzame, grijze man, maar dat was schijn... Hij kwam de cheques niet eens zelf brengen, hij wilde niet van een bedankje weten. Hij stuurde een stagiair van zijn kantoor, ene meneer Mamùsa, die ze hier bij de schouwburg al van verre herkennen.'

'Hoezo?'

'Nou, omdat hij iets dierlijks heeft... Hij komt uit het woeste binnenland, moet u weten. Hoe dan ook, de advocaat had Pietro Rachel al geld gegeven voor een nieuwe opera. Hij was kortom iemand op wie de schouwburg rekende... Er is niet veel geld in deze stad. Het vorige seizoen hadden we twintig voorstellingen geprogrammeerd, maar we hebben er maar een twaalftal gedaan... begrijpt u? Dit jaar was de nieuwe opera een fiasco en waren de recettes een ramp. Uw vader weet het wel, hij en de andere leden van het bestuur proberen overal geld vandaan te halen, maar...'

De ronde ogen van Fois Caraffa glanzen. Hij heeft ook iets dierlijks, bedenkt Efisio, en hij stelt zich voor hoe hij rauw vlees eet.

'Zoals mijn vader heeft aangekondigd, ben ik gekomen om u een vraag te stellen, meneer.'

Fois Caraffa tuit zijn mond en buigt zich over zijn bureau, zodat het piept: 'Zegt u het maar, dokter Marini. Uw vader heeft een band met de schouwburg en de schouwburg is hem veel verschuldigd.'

Ook Efisio buigt voorover: 'Misschien meent u dat deze zaak mij niet aangaat, maar het restant van de familie Làconi, ofwel Giacinta, heeft mij, zoals u weet, de conservering van haar vader en moeder toevertrouwd, die als je dat zo kunt zeggen, zullen rusten in de familiekapel, maar zonder dat zij veranderen.'

'Gemummificeerd, dat weet ik, ja.'

Het is warm, Fois Caraffa staat op, doet het raam open en schenkt een glas orgeade in, dat Efisio afslaat.

'Ik weet precies hoeveel de advocaat aan de schouwburg doneerde. Het was een aanzienlijk bedrag, u weet hoeveel. Maar ik moet u vragen: wist u dat de advocaat een deel van zijn erfenis aan het bestuur van de schouwburg wilde nalaten in ruil voor het gebruik van een loge voor de nazaten van de Làconi's? Notaris Dettori heeft vanochtend om negen uur het testament voorgelezen.'

Fois Caraffa houdt met beide handen zijn buik vast. Te veel ringen voor een man.

'Vraagt u mij of ik van het testament afwist?'

'Inderdaad.'

'En dat vraagt u aan meneer Fois Caraffa, directeur van de stadsschouwburg? En in welke hoedanigheid vraagt u dat?'

Efisio roert botten en haarlok: 'Ik heb geen hoedanigheid nodig om iets te vragen. Wat voor hoedanigheid zou iemand moeten hebben om u deze vraag te stellen? Heeft Giacinta Làconi de juiste hoedanigheid? Iemand zal u deze vraag stellen, in welke hoedanigheid dan ook. Het is geen intieme vraag, dunkt me. Was u wel of niet op de hoogte van de erflating aan de schouwburg?'

Meneer Fois Caraffa heeft het warm, hij drinkt zijn orgeade op, veegt zijn voorhoofd af en trekt zijn jasje uit. Maar hij gaat niet zitten, hij loopt naar de deur en zegt: 'Ik wist dat u niet op uw vader lijkt, dokter Marini, dat hadden ze me al verteld. Gevoel voor maat leer je niet met de jaren: dat heb je, en als je het niet hebt, blijf je altijd overdrijven. U hebt geen gevoel voor maat, misschien omdat u nog te jong bent... O, en nog één goede raad: zwaai wat minder met uw wijsvinger, die jaagt de mensen weg, of, wat ook kan gebeuren: iemand gaat niet weg maar blijft en dwingt u die vinger te laten zakken.'

Efisio denkt aan zijn vader Girolamo wiens oude dag geheel om de opera en de stadsschouwburg draait, en hij weet zich te beheersen – er komen allerlei zinnen achter zijn lok in hem op –, hij staat op en loopt de kamer uit, met zijn blik op de tien vingers en vier ringen van Fois Caraffa.

'Ik zal erover nadenken, meneer, dank u wel. Maar laat iedereen zich met zijn eigen vingers bemoeien.'

Op dat moment winnen de hitte, de vochtigheid en het zweet het van de kracht van Fois Caraffa's ene haar, die van zijn plek raakt, de hele weg terug aflegt en overeind schiet.

Efisio verlaat de schouwburg door de kleine deur aan de Piazza Brondo – waar nooit zon komt – en botst bijna tegen Lia Melis op.

Lia Melis, klein en olijfkleurig onder grote veren, is de best betaalde stem van de opera, na de primadonna's die van het vasteland komen. Ze kent Girolamo Marini en zijn zonen van toen Efisio nog een dreumes was, en ze is tien jaar ouder dan hij.

'Efisio! Ik heb het gehoord! Wat geweldig! Toen je nog klein was, zei ik altijd al tegen je vader dat dat magere scharminkel van hem een knappe kop had... en je hebt het voor elkaar! Iedereen heeft het erover! Je hebt de dood een halt toegeroepen.'

Welgemeende complimenten zijn onweerstaanbaar voor Efisio, die zich meteen op een podium voelt staan en daarna nog hoger. Hij vergeeft zichzelf deze zwakheid onmiddellijk, sterker nog, hij vindt het helemaal geen zwakheid.

'Ja, Lia... als je mijn menselijke standbeelden wilt zien, zeg je het maar. Nu is het misschien nog wat vroeg... je voelt dat er nog iets om die lichamen heen hangt. Misschien is het de kracht van de gewelddadige dood, misschien iets wat bij Giovanni en Tea Làconi hoort en ze niet wil verlaten, ik weet het niet, maar er is iets... Het lijkt wel of ze gekrenkt zijn. Dat gaat wel weg.'

'Weet je, Efisio... ik denk er al dagen aan. Ik wil graag met je praten, ik vertrouw op je verstand. Je vader Girolamo liet jou, als ik bij jullie thuis zong, altijd naast de piano zitten en jij maar luisteren, luisteren... Ik weet nog...'

'Ik ben tien uur per dag in mijn werkkamer, daar kun je me vinden.'

'Ik ga nu naar maestro Manetti, hij is nieuw... Ik ga werken, repeteren... En dan... Ik heb al een tijdje, ik weet niet waarom, geen zin meer in muziek, zingen, repeteren... soms wil ik mijn stem niet eens gebruiken om te praten... Vanuit mijn oefenlokaal zie ik iedere dag de zee die net een moeras lijkt en het moeras dat net een stinkende modderpoel lijkt...'

Ze laat een muzikale stilte vallen.

'Ik denk steeds aan hetzelfde! Ik denk dat niets blijft... want mijn stem blijft zo lang in de lucht hangen als ik hem gebruik... Hij laat niet het geringste spoor na! Wat is dat voor kunst, die zomaar verdwijnt? Dus zoek ik mijn rust elders... Ik vertel het je nog wel... Ik zoek iets anders... Maar jij hebt het tegenovergestelde gedaan van wat ik doe, en je hebt me heel gelukkig gemaakt... eindelijk iets blijvends! Steen, dat is nog eens iets anders dan een stem... Sinds je dit kleine wonder hebt verricht, Efisio, gaat het met mij ook beter.'

Wat is er toch met de vrouwen van deze stad, vraagt hij zich af.

Nu veegt Lia een traan weg met haar zakdoek. Efisio kijkt naar de grond.

'Kom wanneer je wilt, Lia. Maak je geen zorgen, je bent gewoon een beetje somber, dat is normaal... het gaat wel over, echt.'

De Via San Giuseppe is vlak bij de schouwburg en even later klopt Efisio op de deur van de piaristen.

Hij wil pater Venanzio De Melas spreken, zijn leraar op het lyceum, die door de andere paters al heel lang in het geniep 'de halve dode' wordt genoemd. En inderdaad is hij niet echt een levende, hoewel hij nog wel een paar functies van een levende heeft, aarzelend en wiebelig, zodat de oude man nu eens aan deze, dan weer aan gene zijde belandt, maar hij komt altijd weer terug.

Pater Venanzio leeft in bed en het licht schijnt door hem heen alsof hij van melkglas is, waardoor je een Chinees schimmenspel van de inhoud van zijn lichaam ziet. Efisio weet dat zijn lichaam al jaren zijn bloed distilleert en dat er maar een paar druppels in zijn hersenen terechtkomen, die zich een vegetatieve autonomie ten opzichte van de rest hebben aangemeten en op grote afstand van de andere, meer banale organen functioneren. Nu het licht in de cel is binnengedrongen, ziet de leerling de schaduw van zijn hersenen deinen en ijlen in de breekbare hersenpan.

'Ik ben Efisio Marini... E-fi-sio... E-fi-sio... Hoort u me, pater Venanzio?'

Hij tilt de oogleden van de pater op en de verbleekte irissen van Venanzio kijken hem aan. Zijn stem is noch mannelijk, noch vrouwelijk, het is een blanco stem geworden: 'De dodelijke blik, Efisio, Ampurias is nu stof... het geheugen... toen poetste je je talent elke dag op... Efisio, je bent een halve zoon van me, vertel... ik wil weten wat er van je geworden is. Hoe oud ben je?'

'Zesentwintig, bijna zevenentwintig. Droomde u?'

'Ik geloof het wel. Maar dat zegt niets, ook idioten dromen.'

Efisio gaat op de rand van het bed zitten, schenkt een glas water in en maakt de lippen en het voorhoofd van Venanzio af en toe vochtig.

'Ik moet u een verhaal vertellen. Wilt u naar me luisteren?'
De piarist doet zijn ogen open en Efisio denkt dat dat ja
betekent.

Hij vertelt hem het laatste nieuws en ook over zijn overwinning op de dood, maar tegenover de oude man noemt hij
het niet succes of overwinning.

Na afloop sluit Venanzio zijn ogen, hij transpireert en
beeft, een teken dat hij aan het distilleren is en dat zijn interne
distilleerkolf staat te koken.

Er heerst dezelfde absolute stilte als toen Efisio nog op
school zat, dezelfde geur en hetzelfde gefluister van muren en
kloosterboeken die hem deden geloven – maar hij is er nooit
zeker van geweest – dat zijn geest aan de materie kon ontsnappen, al was het maar voor even. Op de kast in de cel staat
ook een fles malvezij, die, af en toe, onder Venanzio's neus
wordt gehouden om hem weer tot leven te wekken, en er ligt
een stapel *Gazzetta*'s.

Uit het moede hoofd van de oude man klinkt: 'De arm is de
handeling... de maat van alles... *cubitus*, zeg het na, Efisio, en
onthoud het...'

'*Cubitus*? Elleboog, arm en ook maat... Een maateenheid,
dat is waar. Ze maten met hun arm, pater Venanzio, alles
werd met de arm gemeten, met de ellepijp. De arm is een
maat.'

'De nek vormt de verbinding tussen de ziel en het
lichaam... kijk maar eens goed naar me. Zie je dat de ziel in
het hoofd zit en helemaal van beneden komt?'

De hersenen van de oude man verbleken en uit zijn mond
komt alleen een opsomming die Efisio in het begin niet
begrijpt, maar die hem daarna duidelijk wordt.

'*Anciòva, servìola, òrgunus, gròffi, agùglia, bìffulu, palàia,
sabbòga, cordìga, palomìda, sàrigu, ròmbulu, lacciòla, merlàno,
canìna, lùpu, sàlixi, arrocàli, sèrvulu, sùccara, bòga, bàcca, latarìna, muxòni* en *zingòrra*, en alle andere soorten.'

Het is een opsomming van vissen. Wat wil Venanzio hem vertellen? Of heeft zijn hoofd het gewoon opgegeven? Hij vreest van wel. Maar hoe bewegen de gedachten van de oude man en wat beweegt ze? Trouwens, zouden dit wel echt gedachten zijn?

Venanzio valt weer in slaap, de doorschijnendheid van de oude man is weg en Efisio doet het raam en de luiken van de cel dicht.

Als hij wegloopt, hoort hij hem piepen: 'De weg van de zee, Efisio, zoals de vissen komen en gaan tussen de beide oevers.'

11

In het ouderlijk huis van Efisio staat alles altijd op dezelfde tijd stil. Zelfs de dieren op de binnenplaats raken gehypnotiseerd. Het paard slaapt in de schaduw van de acacia, voor de calèche gespannen, en in de schaduw van het paard slapen twee katten, goede muizenvangers.

Dat is een van de regels die Efisio's vader Girolamo samen met zijn vrouw Fedela en zijn ongetrouwde dochters, die thuis zijn blijven wonen, in ere houden.

Girolamo heeft de jurisprudentie van de familie gehandhaafd, regels en wetten opgesteld die Efisio, en hij alleen, overtrad, niet uit kwaadwilligheid maar door een teveel aan energie, die echter bij wijze van uitzondering werd geaccepteerd.

Fedela heeft die grondwet zwijgend ondersteund, ook al begreep niemand het nut van haar onveranderlijke, bescheiden, eentonige handelingen.

Vandaag maakt de gebakken vis iedereen slaperig na het middageten en beperkt de ideeën.

In de studeerkamer roken Girolamo Marini, Efisio en Salvatore de bittere sigaren die de vader uit Malta laat komen.

'Dus, pa, als Efisio vragen stelt, dan is dat omdat hij dingen wil weten en begrijpen... en iets willen begrijpen is geen zonde. De mummificatie van de advocaat en zijn vrouw zaliger is een groot succes, een meesterwerk... Je moet ze zien! Op de voorpagina van de *Gazzetta*! Ze zijn het, ze zijn het nog helemaal... dankzij Efisio zijn het waardige doden. Geen wonder dat Giacinta hem vertrouwt... Hij heeft haar ouders half en half voor haar behouden en ze kan tegen ze praten, net als eerst... Ze gaat er elke dag heen en mompelt iets onduidelijks tegen de een en dan tegen de ander.'

Efisio tuurt naar de dikke rook uit zijn sigaar: 'Je kent Giacinta Làconi, pa! Het is een vrouw die de zwijgzaamheid van haar vader heeft geërfd... Ze doet alles in stilte. En in stilte vraagt ook zij zich dingen af. Een derde van de erfenis van haar vader gaat naar de schouwburg...'

Girolamo knoopt zijn vest los en strekt zijn benen: 'Ja, ja, en om vaart te zetten achter de erfenis vermoordt iemand van de schouwburg volgens jou de advocaat... Efisio, Efisio...'

'Hij is niet vermoord, dat zei ik toch, hij is van angst doodgegaan...'

'... Hij wurgt hem, hij hakt hem een arm af en slaat zijn schedel in. Mijn jongen, doe het voor de familie! Wil je mummificeren? Mummificeer dan maar! Het is voor jou een manier van denken, een filosofie... Maar laat de rest zitten, alsjeblieft... Ik zal naar die meesterwerken komen kijken, die twee stenen doden. Arme Tea! Ze willen haar niet eens op het kerkhof begraven, die fanaticus van een don Lèpori zegt dat ze een zelfmoordenares is.'

Efisio's lok zit vast met een speldje dat zijn moeder Fedela tijdens het eten in zijn haar heeft gedaan, hij haalt het eruit en zegt: 'Luister, pa, behalve met Salvatore heb ik er met niemand over gepraat.'

Girolamo dooft zijn sigaar en neuriet: '*Senza manco trarre il fiato starò qui pietrificato ogni sillaba a contar.*'

'Tea Làconi is uit het raam naar beneden geduwd.'

Girolamo staat op, opent de porseleinkast en schenkt voor zichzelf twee vingerkootjes cognac in – wat niemand in huis hem ooit 's zomers heeft zien doen – en daarna nog twee. Hij weet, hij is er zeker van, dat die zoon van hem op het punt

63

staat hem de wereld van de actie uiteen te zetten door hem in plakjes te snijden die hij een voor een aan hem uitlegt en daarna weer keurig op hun plaats legt. Dat is altijd zo geweest, alleen wacht hem nu geen zweep of bestraffing meer. Maar wel is er de angst, die Girolamo bespeurt omdat hij de geur herkent en hij hem rond zijn zoon ziet waren.

'Ik heb het begrepen, Efisio. En jij, Salvatore, jij kan er ook wat van... Het zal trouwens ook wel mijn schuld zijn' – en hij neuriet verder: *'Chi vi guarda vede chiaro che il somaro è il genitor...'* Hij wijst naar zijn oudste zoon: 'Jouw plaats is op het havenkantoor, Salvatore...'

'Pa, jij hebt je opera-aria's die je altijd paraat hebt en die je leven veraangenamen. Ik heb mijn kantoor waar ik me lekker voel, maar Efisio zoekt iets anders en...'

Girolamo verheft zijn stem, deels door de alcohol, deels omdat hij licht ontvlambaar is – flegmatisch is hij alleen wanneer de dingen zo lopen als hij wil – en deels ook omdat hij ineens bij zijn positieven komt en de geschiedenis van al die moorden hem schrik aanjaagt: 'Ik zet geen voet meer buitenshuis van schaamte, ik ga niet meer naar de bijeenkomsten van het bestuur van de schouwburg, ik praat niet meer met jullie, ik discussieer niet meer over deze doden. Ik wil alleen weten waarom Tea Làconi, van wie iedereen, rechters, carabinieri, priesters, denkt dat ze zelfmoord heeft gepleegd, volgens jou van het leven beroofd, omgebracht, vermoord is! Zeg op, Efisio!'

Efisio staat op – de gebakken mul ligt hem niet zwaar op de maag – en ijsbeert langs de rand van het vloerkleed.

'Tea Làconi is gedwongen om een weg af te leggen naar haar dood, zoals iemand die met geweld het schavot op wordt geduwd. Samen met Giacinta en advocaat Mamùsa, die Giovanni Làconi's plaats heeft ingenomen, heb ik die weg gereconstrueerd. Een korte, smartelijke weg. Geduldig en gedwee als zij was, ook na haar dood, kon ik haar lichaam zo weer in elkaar zetten, zonder iets ongepasts te doen, zoals zij het graag wilde, zonder verminking. Ik heb haar versteend, ik heb zelfs niet in haar gesneden: het had geen zin haar open te maken. Het bad met zouten heeft haar in enkele uren veranderd in een ordelijk mineraal, niet veel anders wellicht dan toen ze nog leefde, want ze was arm, heel arm aan water. Maar voor ze naar beneden vloog heeft ze twee tekenen achtergelaten, twee tekenen die net zo weinig opvielen als zijzelf.'

Hij blijft stilstaan voor zijn vader: 'Tea Làconi is, voor ze naar beneden vloog, heel lang aan de balustrade blijven hangen, pa, en in het hout zitten de afdrukken van haar nagels, zo diep als de klauw van een wild dier, want die kracht had ze gevonden...'

Girolamo – het zal de cognac wel zijn – is nerveus: 'Ze kan zich toch op het laatste moment hebben bedacht. Ik denk dat dat met zelfmoordenaars gebeurt! Wat jij bij elkaar verzint!'

Salvatore legt een hand op zijn schouder, geeft hem een vuurtje, en Efisio gaat verder: 'Nee, pa, Tea wilde niet naar beneden springen.'

'Tea wilde niet naar beneden springen? Hou je me soms voor een vrouwtje uit de armenbuurt, zo een die je alles wijs kan maken? *Sono è vero stagionato, ma ben molto conservato*, denk eraan. Ik ben beneveld maar niet dronken.'

Maar Girolamo weet dat zijn zoon ook aan de feiten een minerale orde heeft gegeven.

'Iemand heeft haar geduwd en heeft haar gedwongen de balustrade los te laten door met een mes in haar handen, haar vingers, de middelvinger van haar rechterhand en de middelvinger en ringvinger van haar linkerhand te steken. Een puntig, scherp lemmet. En dan zijn er de verwondingen en de gebroken kootjes, en er is een detail dat majoor Belasco – mooie stem, hoor – niet heeft opgemerkt: ook op het hout, ter hoogte van die treurige krassen die Tea heeft achtergelaten, zit de afdruk van de punt van het mes dat door de vinger-botjes heen is gegaan. Het is toch simpel, overduidelijk, onomstotelijk, pa!'

Girolamo geeft zich gewonnen en sluit zijn ogen: 'Wat is er nog meer?'

'Ik heb pater Venanzio gesproken. Het verhaal is nog inge-wikkelder geworden.'

'Venanzio is oud, Efisio, heel wat anders dan op jaren! En, met permissie, ik heb gehoord dat hij een beetje warrig is, zeg maar kinds!'

'Tekens en symbolen, pa, en dingen! Degene die de advo-caat de doodstuipen op het lijf heeft gejaagd, heeft drie tekens achtergelaten. De afgehakte arm: weg is de macht en weg is het vermogen om de maat der dingen vast te stellen. Mat hij elke daad van de mens af aan de wet? De maat van de werke-lijkheid werd hem ontnomen! De hals gestriemd door het touw? Zo is de ziel gescheiden van het lichaam, het hoofd hier en de rest daar. Als hij een bijl had gehad, dan had hij hem onthoofd, maar hij heeft genoegen genomen met de zwarte striem die het touw heeft achtergelaten. En het inge-slagen voorhoofd? Een schending van de ziel, die in het hoofd zetelt.'

'Fraaie reconstructie... een mooi kasteel op sneeuwwitte wolken... Je hield altijd al van wolken, Efisio, als kind was je uren bezig met de vorm van de wolken,' zegt Girolamo en wrijft vermoeid over zijn oogleden.

'En ten slotte de zee, pa. Daar ben ik niet zeker van: de weg over zee. Misschien heeft de keuze van de plek ook een bete-kenis. Een herder doodt in de wei met een geweer, een boer met een zeis, in de stad gebruiken moordenaars een pis-tool...'

'Je zei toch dat hij van angst is doodgegaan?'

'Ik heb het nu over de omlijsting, het toneel. De zee bij de pier... Daar komt alles aan en vertrekt alles. Hij kon hem ook tijdens de jacht van angst dood laten gaan. Maar nee, hij heeft de zee gekozen... Hij heeft hem daar achtergelaten met zijn ogen naar het water gedraaid en zijn arm wilde hij misschien in de golven gooien, maar die kwam in de boot van een visser terecht en het scheelde een haar of die was zich ook doodgeschrokken. Ik heb navraag gedaan. Die Zonza, de visser, gaat heel ver de zee op, een keer in de week vaart hij in de richting van Afrika. Hij heeft een goed wendbare visserssloep, iedereen kent hem, hij slaapt drie of vier nachten op de boot. Hij komt terug met een hele berg vis, allerlei soorten... Wat moet ik aan de andere kant van de zee gaan zoeken? Hier, pa, weet ik het niet meer. Ik moet maar afwachten, er komt wel wat...'

Girolamo is in slaap gevallen, te warm en te veel cognac.

Salvatore pakt de draad van het gezinsleven weer op: 'Neem morgen een dag vrij, Efisio... Carmina klaagt dat je tussen de lijken leeft, als je niet uitkijkt ga je er nog naar ruiken. Ga eens gezonde lucht ademen. Die mummies lopen niet weg, die blijven ter beschikking van rechter Marchi, die is er verantwoordelijk voor. Neem je vrouw en je kinderen mee en ga de zon in, je hebt een kleur als een gepekelde olijf.'

Als Efisio het slaapkamerraam opendoet, ziet hij een oneindige lucht met maar één dunne, langgerekte wolk. Vandaag lijkt de stad mee te vliegen op de nieuwe wind die de nevels heeft verjaagd en heuvels en huizen optilt. De baai glinstert en flonkert hemelsblauw. Carmina slaapt nog en hij tilt haar haar op, maakt haar hals vrij en kriebelt haar zachtjes.

'Gaan we echt naar zee, Efisio? Ik heb al gebraden gehakt klaar, brood en fruit kopen we wel onderweg.'

'Ja, dat is goed, ik ga stenen zoeken op de Engelenkaap en ik ga ook even naar de toren, bovenop. Laat jij de kinderen spelen, dan eten we daarna.'

Om tien uur zijn ze aan de voet van een duin, in de schaduw van een dwergspar.

Vittore valt weer in slaap en Rosa speelt bezweet met het witte zand.

Carmina leest, ze heeft haar kostschoolmeisjeslectuur nooit opgegeven, en elke keer verandert ze, neemt ze een andere gedaante aan; ze doet haar haar als de vrouw in het boek, gebruikt haar woorden, zucht, huilt. Doordat ze is toegelaten tot het grote, natuurlijke laboratorium van haar man, is haar jaloezie verdwenen, al is het alleen vandaag, en de verbanning uit zijn leven bedrukt haar niet. Het geeft haar een warm gevoel dat ze met Efisio de tere omtrek deelt die strand, kaap en moeras begrenst.

Efisio zet zijn strooien hoed op en begint aan de klim die steeds opnieuw een mystieke bestijging is.

Vanaf de kaap, waarop de engel in een gevecht met de duivels is neergevallen, loopt een heel lange strook zand waar de vermoeide engel in slaap doezelde. Het opgeschoten riet scheidt de duinen van het onmetelijke moeras. Voor Efisio heeft die scheiding tussen de puurheid van de zee en de verrotting van het moeras geen symbolische betekenis, en het idee om lichamen te verstenen is hier ontstaan.

De witte toren is het hoogste punt. Een valk, tempelier van de toren, cirkelt er als een wachter omheen. Efisio probeert van hier, van bovenaf, Carminetta, Vittore en Rosa te ontwaren onder de spar op het strand.

'De weg over zee! Er is een weg over zee die uitkomt bij advocaat Làconi en ik zie hem niet... Maar Venanzio heeft gezegd: "Wacht, wacht en als je ideeën hebt, dan ordenen ze zich vanzelf"...'

Hij strekt zich uit in de schaduw van een rots. De wind is zo fris als een engeltje, Efisio doet zijn ogen dicht en zijn laatste gedachten worden meegevoerd door de slaap.

Hij wordt met een schok wakker en ondanks de vrede die er in de lucht hangt – of misschien juist daarom, aangezien hij altijd bang is om de vrede, als die er is, kwijt te raken – heeft hij een onbehaaglijk gevoel, weinig macht over zijn lichaam, een beperking van zijn handelingsmogelijkheden, een verarming van zijn denken die, hij weet niet waarom, lijkt op angst.

12

'Matilde!'

Matilde Mausèli heeft een pakje saffraan in haar hand zoals je een vlinder bij zijn vleugels vasthoudt en loopt op haar tenen. Ze loopt in de schaduw van de acacia's terug naar haar huis, bij het Santa Croce-bastion, en op het getik van haar danspasjes op de kinderhoofdjes komt iemand uit een souterrain naar buiten om naar haar te kijken, en iemand anders bespiedt haar vanachter de luiken.

Ze draait zich om, het is Giacinta Làconi, die haar roept: 'Matilde, ik loop met je mee.'

Er is iets anders dan anders in het gezicht van Giacinta. Het droge is eruit maar nu lijkt het wel of het te veel water bevat, en het lijkt geen goed water, want ze heeft de oogopslag van iemand die door een malariamug is gestoken, bolle wangen en grijze lippen.

'Ik heb drie dagen koorts gehad, Matilde, ik heb liggen zwéten... Mijn oma was erg bezorgd over me...'

'Maar ze is niet haar huis uitgekomen om naar je toe te gaan, hè? Deuren potdicht. Dat mens gaat nooit dood, Giacinta, want er komt niets haar huis in. Ze wordt niet geplaagd door de muggen en al helemaal niet door narigheid.'

'Dat is niet waar! Ze vindt het heel erg van mijn vader. Hij was haar zoon. Misschien dat ik niet zo veel verdriet heb als zou moeten... En ze houdt van me, oma... en ook van Efisio Marini; ze zegt dat hij Giovanni heeft gered, kun je nagaan, ze zegt echt dat hij hem heeft gered.'

Giacinta zwijgt, kijkt naar de vreemde huid van haar vriendin, denkt aan haar vader die gestorven is van schrik en aan haar moeder, en ze ziet haar voor zich terwijl ze door de lucht vliegt: 'Matilde... ik ben bang.'

Haar vriendin pakt haar hand vast en trekt haar mee heuvelopwaarts: 'Natuurlijk ben je bang... maar ze waken over je, er kan je niets gebeuren, echt niet.'

'Ik ben niet bang dat ze me vermoorden. Ik ben doodsbang dat ik gek ben... Ik ben gelukkig en toch ook niet... Ik ben niet verdrietig, en dat is niet normaal! Maar er is wel een ander die me verdriet doet... alsof ik telkens weer ter wereld kom... Hij ziet me voor dood liggen en wil me niet helpen... en dan laat ook mijn lichaam het afweten en slaapt om er niet meer aan te denken. Maar zelfs als ik slaap denk ik eraan ...'

Matilde stopt de saffraan in haar tasje en steekt haar arm door die van Giacinta: 'Je vader en moeder zijn dood en jij bent verliefd, Giacinta... en het lukt je niet om alle dingen die er door je heen gaan met elkaar te verzoenen, het is te veel. Praat er eens over met je oma, of met mij, als je wilt, maar zo staat het ervoor. Het verdriet maakt dat je niet kunt ophouden met denken... Zorg goed voor jezelf... Jij bent niet als donna Michela, jij spaart jezelf niet.'

Ze blijven staan en Matilde kijkt haar aandachtig aan. Ze heeft inderdaad het gezicht van een zieke.

'Oma Michela... je hebt gelijk, Matilde. Ze laat zich door niets raken. Er komt niets haar huis binnen, geen stof, geen dingen. Als ik haar vertel over mijn geliefde die geweld gebruikt... die me iedere keer verplettert en me niet beschermt... als ik haar vertel dat ik voor hem net zo goed dood zou kunnen zijn, zou ze denken dat ik gek was en me naar een dokter sturen. Nu is ze blij omdat mijn vader van steen is en ze houdt meer van steen dan van vlees, het blijft langer goed, je hoeft het niet te voeden...'

Matilde blijft in de schaduw staan, maar daar waar een paar

71

lichtstralen door de bladeren heen vallen, glanst haar huid. Het lichaam, het draait allemaal om het lichaam: ze voelt aan haar hals en zoekt waar het klopt.

Giacinta slaat geen acht op dit tasten naar tekenen van leven: 'Ik heb mijn versteende vader en moeder gezien... Mamma lijkt wel van parelmoer... Ik ben blij dat niemand de deksel op hun kist heeft vastgespijkerd... Voor mij zijn ze nog niet echt dood, snap je? Misschien voel ik daarom wel geen verdriet. Ik vind het naar dat ze geen antwoord geven, zich niet bewegen, niets zien... maar het lijkt net of ze hun bestaan alleen even hebben onderbroken... Alleen een verlamming, dat is het, een verlamming.'

Zwijgend lopen ze verder heuvelopwaarts. De huid van Giacinta heeft nu iets rozigs gekregen en plotseling zegt ze: 'Matilde, er loopt in deze stad een zusje van me rond dat ik niet ken. Haar vader is mijn vader en haar moeder is niet mijn moeder. Wat moet ik doen?'

Matilde blijft stokstijf staan: 'Een zusje? Heb jij een zusje?'

Als Matilde het kantoor van advocaat Làconi binnenstapt, ruikt ze iets dierlijks, maar dat zegt ze niet tegen Giacinta.

Ze gaan aan het bureau van Giovanni Làconi zitten.

'Zie je dat, Matilde? Iedere twintigste van de maand, achttien jaar lang, stopte pappa een envelop met geld in een postbus. In dit schriftje noteerde hij het bedrag en de datum. Het lag in de kluis hier op kantoor.'

'Aan wie gaf hij het?'

'Aan een Tunesische vrouw uit Djerba die twintig jaar geleden samen met een groep landgenoten hier naar de stad kwam om in stoffen te handelen. Ze heet Hana Meir. Zij heeft Maria He 'Ftha ter wereld gebracht. En de vader van Maria is mijn vader... en hij is nooit opgehouden haar te helpen, nooit...'

Het is koel in het kantoor en advocaat Mamùsa is er niet,

hij heeft een zitting op de rechtbank. Stilzwijgend heeft hij stapje voor stapje alle zaken van Giovanni Làconi overgenomen. Hij gebruikt dezelfde zwarte tas, die hij onder zijn arm klemt, en ook hij betreedt de rechtszaal zoals een christen de kerk betreedt en kijkt naar de zetel van de rechter alsof het om het hoofdaltaar gaat. Als de magistraat spreekt, staart hij naar de grond en lijkt alle zonden van de stad te betreuren. Hij weet niet dat Matilde Mausèli en Giacinta Làconi aan het bureau van de overledene zitten en de feiten kietelen die daardoor in beweging dreigen te komen.

'Hoe weet je eigenlijk dat die Maria je zus is? Heb je brieven van je vader gevonden?'

'Hij was niet het type om brieven te schrijven. Het staat allemaal in de processtukken…'

'Processtukken?'

'Hana Meir was getrouwd met een boer in haar eigen land… Die heeft haar verstoten, maar wilde de dochter houden… Hij wilde Maria, die zijn naam had, He 'Ftha… Kortom, de zaak loopt nog steeds… Pappa wilde hem tot in het oneindige rekken… Hij had gelijk.'

'Jij hebt een zus en ze heet Maria He 'Ftha… je hebt een zus,' herhaalt Matilde. 'Waarom heeft ze niet jullie naam?'

'Dat zouden oma en mamma nooit goed gevonden hebben… Het proces heeft in het begin voor enige beroering gezorgd, maar daarna had niemand het er meer over. Mijn vader deed de dingen in stilte.'

'En die Tunesische vrouw?'

'Hana Meir woont in een souterrain in het havenkwartier. Ze heeft een dak boven haar hoofd en blijft iedere maand het geld ontvangen dat pappa haar gaf voor het kind.'

'En het meisje?'

'Het meisje is nu twintig jaar oud.'

Mauro Mamùsa heeft iets giftigs over zich, maar dat wasemt

hij niet altijd uit. Zijn lichte huidskleur heeft hij van zijn grootouders, in huiden gehulde herders die op de loop gingen voor de zon die hen tergde, waardoor ze hun ogen dichtknepen. Die uitdrukking is, van generatie op generatie, langzaam in hun genen binnengedrongen. Daarom heeft Mamùsa de getergde gelaatsuitdrukking van een herder. Efisio drukt hem de hand, die wit uitgebeten lijkt door een zuur, en denkt meteen aan zijn balsemende zouten en zijn korte reisjes naar het hiernamaals, kort, want ver is hij niet gekomen.

'Dokter Marini, het is de wil van Giacinta Làconi dat u van alles op de hoogte wordt gesteld…'

'U spreekt over haar alsof ze is overleden, meneer de advocaat: het is niet haar laatste wil.'

'Ze wil dat u weet wat wij over het bestaan van een zuster hebben vernomen.'

Dat 'wij' kleurde Mamùsa dusdanig dat Efisio begrijpt hoe Giacinta en de advocaat een 'wij' zijn geworden.

'Het is vast en zeker eerbaar wat Giacinta heeft besloten. Bent u het daarmee eens?'

'Ja.'

Mamùsa geeft uitleg bij de trieste opsomming van de feiten die op een vel papier staan.

Efisio herinnert zich dat Maria He 'Ftha een keer met Perseo Marciàlis in huize Marini heeft geluncht om met Girolamo over graan en schepen te praten. Ze had de hele tijd haar mond gehouden, ze had alleen geantwoord op de vragen die Perseo haar stelde en had alleen beurtelings naar haar bord en Perseo gekeken. Efisio had al die stilte wel aangenaam gevonden, terwijl de rode golven van Marciàlis' haar hem hadden geërgerd.

'Dat meisje is twintig, dokter Marini, en de wet beschermt haar.'

'Niet alleen de wet. Ze is het jongere zusje van Giacinta,

een levende herinnering aan vader Giovanni, die er weliswaar een dubbelleven op nahield, maar ook dat was een leven. Roddel en kritiek horen in het riool, meneer de advocaat.'

Terwijl Mamùsa en Efisio zitten te praten, komt vanuit het zuiden langzaam een donker Afrikaans wolkendek aandrijven, somber en noodlottig, dat de bovenstad bedekt, de benedenstad verduistert en de baai een modderkleur geeft. Plotseling maakt een warme, gele regen alles vuil. Een onnatuurlijke bries doet iedereen op straat en in de huizen transpireren.

Ook Efisio transpireert, zijn oogleden voelen zwaar van de slaap en de ideeën die zich in zijn hersenen aan het afzetten waren, worden nat en plakkerig.

Majoor Belasco is zojuist naar het raam gelopen om, net als alle anderen, naar die lage en vervuilde wolken te kijken die boven de stad zijn blijven hangen. Hij loopt op stoom, hij is met iets bezig en laat zich niet afleiden: hij denkt aan de ruitjesstof en ook aan de nooit afgesloten zaak van advocaat Làconi, hij denkt dat hij alleen deze twee sporen heeft en hij denkt ook dat dat niet veel soeps is.

'Edelachtbare, ook al protesteren de advocaten en zijn ze bang, de feiten veranderen niet. Die dokter Marini...'

Marchi valt hem in de rede: 'Die we niet kunnen veroordelen tot het afsnijden van de wijsvinger waarmee hij ongelimiteerd zwaait...'

'... Die dokter Marini, meneer de rechter, heeft de waarheid gezegd, geschreven en ondertekend. Làconi is gestorven van angst en daarna hebben ze al dat andere met hem uitgehaald, maar zijn vrouw Tea is naar beneden gegooid, die messteken in haar vingers zijn er en blijven nog lang zitten als hij haar eenmaal heeft gemummificeerd. Er is niemand in de stad die niet op de hoogte is van de bevindingen van de mummificeerder en iedereen vraagt mij of hij de stenen lijken mag zien. De *Gazzetta* schrijft er iedere dag over. Zelfs die immorele advocaat van een Basilio Penna hangt in de krant de fatsoensrakker uit en zegt dat de beschaving ten onder gaat als we de mannen van de wet gaan vermoorden. Edelachtbare, we moeten Marciàlis verhoren met alle middelen die ons ter beschikking staan… Het is geen toeval dat dat stuk stof in het vervallen huis op de pier lag en het is geen toeval dat zijn vriendin, een halve Berberse, de dochter van advocaat Làconi is.'

Marciàlis zit in de hal en wacht. Ook hij heeft terwijl hij naar het Gerecht des Konings liep, gezien hoe de zwarte wolken de stad bedekten en de haven aan het oog onttrokken. Nu zit hij daar, met zijn hoofd tussen zijn handen, en probeert alleen aan Maria He 'Ftha te denken, die hem heeft omhelsd voor ze wegging.

'Kijk eens wat een wolken! Ze lijken onecht. De Heer heeft ze hierheen gestuurd!'

Lia Melis doet het grote raam in het repetitielokaal van de schouwburg dicht, want die warme wind heeft haar een angstig voorgevoel gegeven dat de ramen, volgens haar, tegen zouden kunnen houden. Ze staart naar de baai, die dezelfde kwikkleur heeft gekregen als de horizon.

'Vincenzo, de advocaat was niet dom.'

Meneer Fois Caraffa kijkt verlekkerd naar zijn ringen: 'De erfenis van Làconi is veilig gesteld. Het is geen vetpot, maar zolang ik leef komt het van pas, en niet zo'n beetje.'

'Zolang jij leeft?'

'Ja, ik ben aangesteld als beheerder van het geld.'

Hij blijft maar naar zijn ringen kijken, die echter zonder zon niet glimmen, en het grijze daglicht geeft ook zijn ene kronkelige haar iets droevigs.

'Dit jaar gaan we het redden, Lia. Jij krijgt een rol in iedere opera, en misschien ook een paar eigen recitals. De stem…'

'De stem heb ik, die heb ik. Maar ik ben moe, Vincenzo… die lucht ontbrak er nog maar aan… Ik ben somber, ik word somber wakker, ik wil niet wakker worden… en 's nachts kan ik de slaap niet vatten…'

'Dat komt allemaal omdat je alleen bent. Een mens redt het niet in zijn eentje.'

Caraffa loopt naar haar toe, streelt over de haartjes op haar arm – Lia is een harige Saraceense – en dat voelt alsof er een horzel op haar is gaan zitten. Zo gaat het al jaren. Af en toe heeft Fois Caraffa weer zin in Lia, zijn liefde komt en gaat, omdat deze huid, veel jonger dan de zijne, een kleur, geur, smaak en energie heeft die hem onkwetsbaar maken voor de akelige gedachten die bij zijn achtenvijftig jaren horen, en, heel even, de stank van zijn leeftijd verdrijven die onder al dat reukwater schuilgaat.

'Laat me met rust, Vincenzo. Die gele regen…'

'Dat is gewoon een beetje woestijnzand.'

'Denk je eens in… die steekt de hele zee over en valt dan hier naar beneden. Dat moet iets betekenen.'

'Luister eens, Lia, ik heb je met Efisio Marini zien praten. Hij heeft je zo somber gemaakt, niet de wolken. Hij en zijn stenen mummies… En hij houdt zich niet alleen met de doden bezig, nee, hij steekt zijn neus ook in de zaken van de levenden. Hij is hier geweest en heeft vragen over advocaat Làconi gesteld, en een geintje gemaakt over mijn ringen.'

'Nee, Efisio Marini heeft er niets mee te maken. Het is gewoon dat ik het zo moeilijk vind om te weten wat ik voel als ik naar je kijk.'

13

De lage, dorre Sant'Avendrace-heuvel heeft geen bomen maar alleen struiken en door de wind verzilte agaven. De in de rots uitgeholde graven zijn het tehuis geworden van een apart, mager en tandeloos ras, waarover niemand rept en dat weinig kinderen voortbrengt, die stikken in hun snot, nooit groeien omdat de zon niet in de graven doordringt en plotseling, met een enkele zucht, sterven.

Degene die niet sterven, groeien door het uiterste te halen uit wat ze vinden, en die meute uitgemergelde wezens – die 's morgens uitgeput de graven verlaat en er 's avonds in terugkeert – gaat naar de stad, zonder glimlach en zonder tranen, om visrestjes te zoeken die zelfs de meeuwen niet willen.

Vanochtend komt Mintonio – Mintonio en verder niets, want er bestaat geen bevolkingsregister voor deze heuvelbewoners – laat uit zijn grot en terwijl hij een miezerig straaltje plast op het droge gras, verbaast hij zich over deze mist in juni: 'Er komen weer ziektes aan.'

Sinds enkele dagen heeft zijn gezicht niet meer de grauwe kleur van zijn soort en zijn jukbeenderen drukken minder tegen zijn huid. Er is geen water op de heuvel en Mintonio kamt zijn haar, wrijft de slaap uit zijn ogen en poetst zich op met zijn vingers.

Vandaag heeft zijn dag iets extra's. Met een mes verwijdert hij ook het vuil van onder zijn nagels, hij stapt de mist in, die een laaghangende wolk is, en neemt het pad naar Stampaccio, waar de handelaar in tanden en kiezen, Cappai, hem een van de scherp snijdende gebitten gaat aanmeten die hij verkoopt aan wie er het geld voor heeft.

Zo zal het ledige tandvlees van Mintonio net zo worden als dat van de hoge heren uit Castello, die vlees eten. Binnenkort zal er voorspoed heersen in zijn graf, en hij lacht met naar binnen getrokken lippen, als een oude man die alleen bouillon drinkt.

Hij bereikt de hoofdstraat van Stampaccio, hij komt nu af en toe iemand tegen uit de stad, hij merkt dat ze allemaal naar zijn gescheurde ruitjeshemd kijken en hij besluit dat hij nog vóór het kunstgebit een nieuw hemd, een broek en schoenen nodig heeft. Daarom stopt hij bij Sanguinetti, die kleding van slechte snit verkoopt aan de boeren uit de laagvlakte, en hij steekt zich in kleren die één maat te groot zijn. Mintonio heeft zulke lange armen dat ze een extra stel benen lijken en het hemd te kort is bij de manchetten. Dan klopt hij aan bij de gebittenhandelaar en wacht tot hij wordt geroepen.

Een uur later graait Cappai in de ontvolkte mond: 'Zo,' zegt hij na vijf gebitten te hebben uitgeprobeerd: 'Dit beweegt niet, is wit als een lelie en sterk als graniet.'

'Het is zwaar, mijn mond blijft ervan openstaan.'

'Over een paar uur ben je eraan gewend. Als je gaat eten zul je zien dat het helemaal niet zwaar is. Met dit gebit kun je mosselen kraken!'

Belasco zet zijn mooie, met parelmoer ingelegde stem op: 'Luister, Marciàlis, bouillon en kapoen kun je hier vergeten. Hier hebben we alleen bruin brood en taai vlees dat in de soep drijft. En vlooien hebben we, de beste die er zijn. En zoutpannen! Jij weet nog niet wat het betekent om in de volle zon een kar met zout te duwen. Na een dag zout kruien brand je als een toorts en is alles wit voor je ogen. Je slaapt niet, je kookt!'

De rode golven op Marciàlis' hoofd roeren zich. Waarom

spreekt Belasco hem met 'je' aan? Waarom hebben ze hem in een cel met tralies gezet? Waarom is vandaag de lucht zo donker? Hij wil Maria.

'Majoor Belasco, stelt u mij de vragen die u moet stellen. Ik verdien mijn soep, vis, vlees en wijn eigenhandig.'

Opperwachtmeester Testa heft zijn hand en geeft Marciàlis met de rug van zijn hand een klap op zijn mond, die direct opzet en begint te bloeden. Nog nooit is hij zo vernederd, nog nooit.

Dat is de manier waarop het Gerecht des Konings werkt: een vertegenwoordiger van de koning – die dik kan zijn of dun maar in ieder geval nerveus, want het eiland werkt op de zenuwen en maakt somber – beveelt strengheid en folteringen. De inwoners – weinig in getal en allemaal in de ban van de voortdurend veranderende winden en overheersers – zijn voldaan als een van hen in de kerkers van de toren belandt. Als hij daar zit, is er een reden voor, zeggen ze.

Dus is Marciàlis alleen, zonder vrienden en bang.

'Waarom hebt u me geslagen, opperwachtmeester?' vraagt hij met vochtige ogen, op het punt van huilen.

'Vernederd? Om zoiets onbenulligs? Testa, laat hem de zweep zien.'

De zweep is een vlecht van pezen die met pek zwart is geverfd en aan het eind vijf riempjes heeft met aan het uiteinde daarvan vijf loden balletjes.

De eerste zweepslag verrast Perseo Marciàlis. Maar het gevoel is gecompliceerder dan zomaar een verrassing: hij wordt kwaad, huilt ongegeneerd en voelt een pijn die niet weggaat maar steeds erger wordt.

Belasco is op zijn allerstrengst: 'Luister, Marciàlis, dit gaat niet goed zo. Geef antwoord op de vragen, dan zijn we sneller klaar. Je bespaart je het zout op je wonden en misschien hoef je niet eens in de zoutpannen te werken.'

Perseo snikt zacht en denkt aan alles wat hij mist: Maria, de haven, eten in de koele avondlucht, maar Maria het meest.

'Je hoeft alleen maar antwoord te geven op een paar vragen en dan kun je naar huis... Je zult zien dat je deze plek vergeet, iedereen probeert 'm te vergeten. En nou ophouden met huilen. Ik wil weten aan wie je die ruitjesstof hebt verkocht.'

Perseo haalt zijn neus op, zijn golven zijn een rode struik geworden: 'Dat heb ik al gezegd... Waarom gelooft u me nou niet? Ik verkoop het niet zelf, maar ik heb het aan Gustavo gevraagd, mijn bediende. Hij heeft een paar meter verkocht aan een van die holbewoners van de Sant'Avendrace-heuvel...'

'Maar die lopen in vodden die ze van de parochies van Stampaccio krijgen.'

'Hij heeft betaald. Misschien is hij iemand die zijn aalmoezen spaart.'

'Hoe heet hij?'

'Dat wist mijn bediende niet. Maar er zullen er niet veel zijn met een ruitjeshemd, niemand koopt die stof.'

Belasco komt met zijn gezicht dicht bij het angstige gezicht van Marciàlis: 'Jouw liefje is de dochter van een vrouw uit Tunis.'

'Uit Djerba.'

'En advocaat Làconi heeft jaren strijd gevoerd, voor de rechtbank, om te verhinderen dat ze haar mee terugnamen naar Tunesië.'

'Maria He 'Ftah is mijn vrouw!'

'Ze is niet je vrouw. Wil je met haar trouwen?'

'Ja, ze is nog maar twintig. Als ze eenentwintig is, trouw ik met haar.'

Efisio loopt met lichte pas naar boven, hij klautert voor haar uit en nu en dan helpt hij haar.

'Ik weet precies wat er in de lucht gebeurt, Matilde. Het is de luchtdruk maar. Met bloed is het net zo: als er te veel van is, maakt een aderlating alles weer in orde. Het regent Afrikaans stof uit de hemel. Twee steden die zich op tegenoverliggende oevers aan elkaar spiegelen, kunnen met de wind en de wolken ook een hand aarde met elkaar uitwisselen.'

Matilde voelt zich ongemakkelijk in de broek die ze heeft aangetrokken om samen met Efisio op een muilezel naar het strand van de engel te gaan. Zij heeft hem dat in het café gevraagd omdat ze fossielen wil hebben waarmee ze kan leren om net zo na te denken als hij. Met een broek aan voelt ze zich kwetsbaarder.

Efisio's lok en Matildes broek maken beiden zwak, maar vooral deze tweede nalatigheid maakt hen zwak. In het geheim naar de duinen. Opnieuw de zonde van de nalatigheid, zonder boetedoening en zonder spijt.

'We moeten nog wat verder klimmen. Je vindt de fossielen het makkelijkst waar de bergrug een knik maakt. Als het regent, gaat het nog beter.'

De inspanning brengt hun hoofd op hol, de ideeën schieten van de ene hersenhelft naar de andere. De zuidenwind zaait onrust en verwarring.

Ze bereiken de top en zien dat het aan de horizon in het zuiden licht is. Deze wolken zijn zo weer weg.

'Hier zouden wij ook bewaard kunnen blijven, Matilde, en ze zouden ons intact terugvinden.'

'En jij bent hier altijd alleen naartoe gegaan en bedacht dan hoe je de doden kon conserveren? Zo zie je de wereld vanuit een luchtballon.'

Efisio is op een irrationele manier blij en observeert elk detail van Matilde. Hoe meer hij observeert hoe blijer hij is. Hij heeft zich nog nooit zo vrij gevoeld om naar haar te kijken.

'Pater Venanzio heeft een lange lijst vissen voor me opgesomd: *anciòva, serviola, òrgunus, agùglia, merlàno, sùccara, latarìna*… Ik dacht dat het door de ouderdom kwam. Maar het is niet makkelijk om hem te begrijpen… Hij heeft altijd in symbolen gesproken, of hij gaf je een aanwijzing waar je moest zoeken – een idee, een woord – en jij moest het zien te snappen, want anders kon je naar een andere leraar gaan. Kijk eens naar beneden, Matilde.'

'Waar?'

'Naar het zuiden, kijk eens naar de zee. Hier is alles altijd van het water gekomen, onheil en goede tijdingen, goederen en kanonschoten. Alles werd beslist door het water. Een opsomming van vissen... Wat betekent dat? Ik ben, bij het eerste ochtendlicht, naar de markt bij de bastions gegaan. De vis was net aan land gebracht en alle vissen die ik me herinnerde van Venanzio's lijst, waren er. Ik heb erover nagedacht en ik begreep alleen dat het een opsomming was van dingen die nodig zijn om te leven en dat er zonder die dingen geen stad zou zijn en wij er niet zouden zijn, of dat wij dan net zo zouden zijn als de herders, die alleen vlees en kaas eten en nog nooit een voet in zee hebben gezet.'

Matilde staat met haar gezicht in de wind, deze hoogte bedwelmt haar en ze heeft het gevoel dat als ze haar armen zou spreiden en zich voorover zou laten vallen, ze niet van de bergrug naar beneden zou storten, maar in de lucht zou blijven zweven.

Vanuit het droge gras klinkt het rondzoemende geluid van de insecten.

Matilde sluit haar ogen en ademt alles in wat ze in kan ademen.

'Hier, Efisio, dit is voor je lok.'

Ze geeft hem een pakje. Hij maakt het open en haalt er een gouden haarspeldje uit. Matilde zegt, met haar ogen nog dicht: 'Lees maar wat ik erin heb laten graveren.'

Efisio heeft de loep waarmee hij de fossielen bekijkt: '*Achter het voorhoofd*'. Hij glimlacht: 'Ik weet het, ik weet dat jij me begrijpt...'

Hij ziet haar oranje irissen heel scherp.

Zijn nalatigheid is veel meer dan zomaar vergeten. Het is buitensluiting, een breuk, en er blijft een leemte achter waarin niet gesproken wordt. Het is nog geen leugen, maar het is even ondermijnend als een leugen. Als Matilde het speldje in zijn haar doet, denkt hij hieraan. Hij moet er gewoon nooit over praten, nooit.

'Ziet u, majoor, bijna niemand betaalt op die manier voor een gebit, zelfs de rijken uit Castello niet, juist niet, die doen het moeilijkst. Die vent had geen idee van geld, hij gebruikte het alsof het schelpen waren om te ruilen. Hij stonk als een kadaver maar hij had wel geld genoeg om me te betalen. Misschien heeft hij de loterij van San Gemiliano gewonnen, of zoiets... Meestal stelen die lui van de heuvel niet: ze hebben niet eens de energie om dat te doen. Ik zie ze hier elke dag voorbijkomen, dus ik kan het weten. Mintonio's maag was gevuld, misschien met afval, maar hij had gegeten.'

Het schemert in het huis van Michela Làconi, het is er koel en geurloos.

'Donna Michela, vergeef mij het late uur, maar ik wilde u graag spreken om wat orde te scheppen in mijn ideeën, net zoals ik dat doe met fossielen.'

De oude dame zit als een poppetje diep weggezakt in een fauteuil: 'Efisio Marini, het is elf uur en om deze tijd eet ik altijd.'

Hij kijkt haar aan: 'En wat eet u dan?'

'Courgette, elke dag courgette.'

'En hoe maakt u die klaar?'

'Op de soberste manier die ik ken, zonder een plens olie, zoals ze in deze stad van veelvraten allemaal doen. Water uit de put en daarin de courgettes in hun geheel koken. Er zit alles in wat ik nodig heb. Courgettes conserveren mij... nee, niet zo goed als jouw zouten. O ja, jouw poeders hebben me

84

goed gedaan. Ze hebben me gehard. Ik wil wat bij je bestellen, een beetje maar, alles met mate. Kijk mijn handen, vanaf de dag dat ik jouw medicijn neem, beef ik minder…'

'Het is geen medicijn. Terwijl u eet, wil ik het even hebben over de opdracht die ik van uw familie heb gekregen.'

Terwijl de oude vrouw de courgettes in ronde plakjes snijdt en ze daarna tot puree prakt, zegt Efisio: 'Uw zoon was dus de vader van Maria He 'Ftah.'

Michela stopt minuscule hapjes in haar mond: 'Giovanni onderhoudt haar nog steeds, dat meisje. Hij heeft bepaald dat er een toelage gaat naar de moeder, niet rechtstreeks naar de dochter. Ook de schouwburg krijgt een toelage en God weet wie allemaal nog meer. Ik was het er niet mee eens. Met alles wat je spaart, spaar je jezelf, het zijn extra jaren, dagen, uren en minuten extra leven.'

Zwijgend slikt ze nog wat hapjes door: 'Maar wat wil je, kinderen doen wat ze zelf willen en ze houden minder van jou dan jij, die ze op de wereld hebt gezet, van hen…'

Efisio kijkt hoe zij volledig geconcentreerd is op het eten.

'Dat is de natuur, donna Michela.'

Zij blijft snel doorslikken: 'Giovanni met die Maria… Het oude verhaal… Zij krijgt nu haar geld en leidt het leven dat ze wil met die schurk van een Perseo Marciàlis. Giovanni hield van haar.'

'Maar iemand hield niet van hem, van Giovanni bedoel ik. Perseo Marciàlis haatte hem. Fois Caraffa was louter en alleen geïnteresseerd in het geld voor de schouwburg: hij was bang dat hij dat kwijt zou raken, maar hij wist dat hij er na Giovanni's dood ook nog op kon rekenen want hij kende het testament. En die advocaat Mamùsa? Wat denkt u van hem, donna Michela?'

De oude vrouw eet de laatste courgette op. Ze laat haar kin zakken, steekt haar vogeltongetje uit en valt zittend in slaap. Na een paar minuten opent Michela haar ogen: 'Mamùsa?

Dat is een woesteling, Efisio, zwijgzaam en woest. Ik kom mijn huis niet uit maar ik heb begrepen dat Giacinta, die schattige kleindochter van me, zich door Mamùsa als een schaap laat behandelen en misschien vindt ze dat wel best. Toen hij hier op een keer was, hing er achteraf een dierenlucht in huis… ik moest de ramen openzetten.'

'Donna Michela, ik heb geen visioenen, zoals heiligen.'

'Je bent net zo mager als een heilige.'

'Maar ik zie de feiten en die leg ik naast elkaar. Daar houd ik van. U legt energie opzij, ik leg ideeën naast andere ideeën. Ik heb daar plezier in en het maakt mijn leven mooier, soms bijna gelukkig.'

De courgettes, die opgenomen beginnen te worden door de propere ingewanden van Michela, hebben merkbaar effect: ze sluit opnieuw haar ogen, haar onderkaak zakt naar beneden, ze steekt haar tongetje naar buiten en ze vouwt dubbel in haar stoel, ze slaapt.

Het is een van de methodes waarmee de oude vrouw zichzelf spaart.

Efisio staat zachtjes op en stapt het licht weer in dat in dit huis niet binnendringt, omdat mensen en dingen ervan slijten. Op de terugweg gaat hij op een bankje zitten, in de schaduw van een palm, hij ademt de lucht die naar de haven ruikt, zo'n havengeur die maakt dat je ergens anders wilt zijn, en steekt een sigaartje op. Er trekt een woestijnhitte over de stad en alles barst.

14

Belasco heeft twee mannen in de witte gevangenistoren opgesloten.

Perseo Marciàlis, omdat hij advocaat Làconi haatte en louche handel drijft in de haven.

Mintonio, omdat hij een overhemd had van dezelfde geruite stof die Belasco in het huis op de pier heeft gevonden, en omdat hij meer geld heeft dan een grafbewoner kan hebben.

Maar de majoor heeft het geruite overhemd dat Mintonio heeft weggegooid niet gevonden.

Al een week gaat Belasco iedere ochtend eerst naar de cel van Marciàlis, die is afgevallen en twee blauwe kringen om zijn ogen heeft; en daarna naar die van Mintonio, die is aangekomen, zijn scherp snijdende gebit op het harde gevangenisvlees loslaat en met die lange armen die tot de grond reiken op handen en voeten loopt.

De wet staat toe, eist soms zelfs, dat de gevangenen worden geslagen, maar de klappen komen niet op papier, daar staan alleen de woorden die, uiteindelijk, altijd dezelfde zijn.

Daarom leest Efisio Marini alleen woorden en ziet geen woede of bloed op de vellen papier die rechter Marchi bruusk voor zijn neus heeft gelegd.

'Dokter Marini,' zegt Marchi, en hij zet het rechtersgezicht op dat hij in zijn begintijd heeft aangeleerd maar dat hij misschien wel altijd heeft gehad en nu heeft geperfectioneerd, 'U hebt het goed begrepen. Wij willen weten of het mogelijk is dat een zwerverstype, een aap als Mintonio de advocaat heeft vermoord...'

'Ik herinner u eraan, edelachtbare, dat Giovanni Làconi's hart het heeft begeven van schrik. Tea is wel vermoord.'

'Dan willen we weten of Mintonio advocaat Làconi de doodsschrik heeft bezorgd en hem daarna een arm heeft afgehakt. Wat mevrouw Tea betreft, zou een halve Mintonio misschien al voldoende zijn geweest. Maar er blijft bij mij twijfel over Giovanni Làconi, oprechte twijfel, geloof ik. Iemand doodmaken is niet makkelijk... U kijkt op een andere manier tegen de dingen aan, heel anders dan wij. U gaat ons dat op uw gebruikelijke, snelle manier vertellen.'

De woorden 'op uw gebruikelijke, snelle manier' maken deel uit van het ironische repertoire dat de sceptici in de stad loslaten op het werk van de mummificeerder. Dus besluit hij hem te treiteren en zijn podium te beklimmen, dat hij altijd bij zich heeft, klaar voor gebruik: 'Ook dit keer, edelachtbare, zou mijn gebruikelijke snelheid, die uw onderzoek niet zou misstaan, u van nut kunnen zijn. Maar ik zou graag willen weten – gezien het feit dat deze vraag me al eerder is gesteld – in welke hoedanigheid ik dat moet doen, immers, uw hoedanigheid is altijd die van rechter, of u nu een toga draagt of niet, en zelfs als u naar bed gaat.'

Efisio staat fier op zijn kleine podium: 'Ideeën verplaatsen zich allemaal met dezelfde snelheid, edelachtbare, het gaat er meer om: heb je ze of heb je ze niet.'

Marchi ergert zich en trekt zijn sneeuwwitte wenkbrauwen op: 'Zeg wat u te zeggen hebt, dokter Marini.'

'Edelachtbare, als u mijn werkwijze vertrouwt,' een woord waarbij hij recht op zijn stoel gaat zitten, 'wees dan niet ironisch... Daar ben ik aan gewend, moet u weten. En antwoorden doe ik automatisch, ik kan het niet helpen. Maar als u met mij wenst samen te werken, is er een eenvoudige oplossing voorhanden: benoem me tot patholoog-anatoom van het Gerecht des Konings en ik zal uit de feiten die zich aaneenrijgen en uit de stoffelijke overschotten van Giovanni en Tea Làconi alles halen wat erin zit, als er nog iets in zit.'

Marchi gelooft het verhaal over snelheid niet helemaal. Zijn ideeën komen langzaam, ze zijn zwaar en belanden met een doffe dreun definitief in de opslagruimte van zijn hoofd. Ze hebben niets snels, ze flitsen niet. Ze blijven juist op hun plaats en bewegen niet soepel want ze zijn solide als de kathedraal van de wet.

'Morgenochtend krijgt u van notaris Lastretti uw officiële benoeming.'

Dan glimlacht hij slinks: 'Morgen en niet over een week. Snel.'

Gemeenteraad 29 juni 1861
Agenda: Telling van de flamingo's: 250.000 – Afmaken populatie Bella Rosa-moeras – Vangst harders, garnalen, schildpadden en mossels in moeras: totale verkoop. Jaarverslag voedselvoorziening – Bouw van het nieuwe mummificatielaboratorium, als onderdeel van de Koninklijke Universiteit, onder leiding van dokter Efisio Marini: voorstel raadslid Loriga.

Efisio wacht in de wachtkamer van de kanselarij van waaruit hij de stemmen van de raadsleden hoort. Hij heeft vanochtend drie nieuwe verzoeken gekregen om een lichaam te versteen. Het is elf uur en na de mosselvangst praat men over het voorstel om een nieuw mummificatielaboratorium te bouwen, tussen de pijnbomen op de Palabandaheuvel. De raadsleden zijn niet zo spraakzaam en een enkeling is bleek geworden tijdens het lezen van het voorstel dat Loriga langs de banken laat circuleren. Men is even stil, alsof iedereen heel diep ademhaalt voordat hij begint.

RAADSLID MASTINO: 'Volgens raadslid Loriga ontbreekt er in deze stad dus een lijkenwerkplaats, een plek waar de doden hun rust wordt ontnomen en waar ze op hun slechtste moment veroordeeld worden tot een imitatie van zichzelf. En dat zou de gemeenschap maar liefst vijftigduizend lire kosten!'

RAADSLID MARTINEZ: 'Ik ben het oudste lid van deze vergadering, ik ben tweeëntachtig jaar en leef inmiddels met een voorgevoel waarvan iedereen hier aanwezig begrijpt welk dat is. Ik denk aan mijn kleinkinderen. Of ik nu geconserveerd word of niet, collegae, voor mij verandert er niets.'

RAADSLID BOI: 'Ik ben voorstander van crematie. De levenden hebben water en gasverlichting nodig. De stad heeft bijna dertigduizend inwoners. Het Boasterramoeras moet worden gesaneerd, de oostelijke pier moet worden vergroot... Ik herhaal, ik ben voor crematie. Ik zou een motie voor crematie willen steunen.'

RAADSLID SPANO: 'Het idee van dokter Marini zou leiden tot een besparing van hardhout en dientengevolge tot meer goed hout voor de schepen. Geconserveerd en tentoongesteld, geen kisten nodig, je zondagse kleren aan, nooit opgesloten en je kunt ook nog nieuwe kleren aan als de mode verandert!'

RAADSLID MARTINEZ: 'Er verandert niets, helemaal niets, Spano. Wat ze je als dode ook allemaal voor andere kleren aantrekken, overhemden, onderbroeken, er verandert toch niets. Je gaat er niet meer of minder dood van. Er verandert niets.'

'Dit is de meest droevige raadsvergadering sinds die van zeventig jaar geleden over het bombardement van de Fransen,' schrijft Titino Melis van de *Gazzetta*. En hij merkt op dat het niet dokter Marini's schuld is dat Giovanni en Tea Làconi een groene glans hebben. Hij, Marini, heeft ze met die kleur aangetroffen en hij kan ze niet verven, dan zou hij een valse oplichter zijn.

RAADSLID LORIGA: 'Gematigdheid en vernieuwing kunnen dus kennelijk niet samengaan...'

Interruptie: 'Denkt u dat mummificeren iets nieuws is, meneer Loriga? Trouwens, wat heeft gematigdheid ermee te maken?'

RAADSLID LORIGA: 'Iedereen in de stad is onder de indruk... Het is goed voor de geest om na te denken over...'

Interruptie: 'Goed voor de uwe misschien. Voor onze geest en ons lichaam is het slecht. We hebben het over flamingo's, vissen, zaagschelpen en schildpadden gehad. Alles is geregeld en nu zijn we klaar, Loriga, het is bijna etenstijd.'

RAADSLID LORIGA: 'Wij zitten hier, als in een dialoog van Plato, als in een Griekse stad, aan de oever van de Ilissos over het lichaam en de ziel te praten! Deze zaak gaat onze raad, de vissen en de schildpadden te boven!'

Interruptie: 'Wij zijn hier om de straten en de huizen in goede staat te houden. Rivieren zijn er al duizenden jaren niet meer, loop een rondje om en kijk zelf, Loriga. Er zijn geen rivieren, alles ligt droog.'

Interruptie: 'Wij besturen hier de stad. Laat de doden met rust.'

Interruptie: 'Als iemand zich als mummie wil laten begraven, dan gaat hij z'n gang maar, daar hebben we niets mee te maken.'

RAADSLID LORIGA: 'Wie kennis vermeerdert, vermeerdert soms smart. Er is ons nu onaanvechtbare kennis – die echter nog meer kennis vereist – aangereikt door de wetenschap die de dood tot staan heeft gebracht door de overledenen kopjes water met zouten uit de Lethe te drinken te geven...'

Interruptie: 'Ik zei dat er hier geen rivieren zijn, Loriga, weet je nog?'

Om klokslag twaalf uur stopt de raad en staat iedereen op. Raadslid Loriga raapt beledigd de papieren bij elkaar die ze hem niet hebben laten voorlezen en kijkt ze nog eens door terwijl iedereen naar huis gaat, waar de lunch bijna klaar is. Mosselen, knoflook, peterselie, goudbrasems en meloen verjagen alle donkere gedachten en de geuren slieren door de straten en vermengen zich tot één geur die een beroep doet op alle vijf de zintuigen en meer.

Het is het voorziene, gewilde en gewenste tijdverlies, een dagelijkse pauze die oude mensen en kinderen tot stilstand brengt. Zelfs Efisio, die de tijd als iets groots en angstaanjagends ervaart, lukt het om zich los te maken van het trage tikken der minuten en boven zijn bord zit hij verdwaasd voor zich uit te staren.

En de kinderen?

Vittore en Rosa groeien op in de lauwe schaduw van Carmina. Vittore lijkt op hem. Aan het eind van de dag treft Efisio ze slapend aan, hij ziet ze bijna altijd met hun ogen dicht. Hij kijkt bij het kaarslicht naar de lange, zwarte wimpers, die trillen omdat ze dromen. Hij stelt zich niet voor wat ze dromen – ze dromen vast niet over hem – en hij denkt er ook niet lang over na, want hij loopt, nadat hij een paar minuten naar ze heeft gekeken, terug naar de zitkamer, praat met Carmina, eet en denkt vooral aan zijn idee over het gemummificeerde hiernamaals. Liefde kun je niet uitstellen, dat weet hij, zij heeft gebaren en handelingen nodig, maar hij is ervan overtuigd dat hij er genoeg van geeft en nog een onbegrensde toekomst voor zich heeft waarin hij zijn kinderen kan uitleggen wie hij is; zij zullen begrijpen dat hun vader in de ban was van een allesoverheersend idee. Een zo'n groot idee dat Vittore en Rosa hebben moeten wachten.

En Carmina?

Carmina en haar visie op de dingen. Opgegroeid om te conserveren en de soort te laten voortbestaan, al kost het veel pijn. Daarom eist ze consideratie en keert hem de rug toe als hij zich niet aan de huisregel houdt. De kinderen behoeden voor dit idee-fixe van Efisio.

En dan te bedenken dat Efisio alle warmte die zij al als jong meisje uitstraalde, had aangezien voor liefde terwijl het, zo denkt hij nu, alleen maar kracht was die toen al bestemd was voor Vittore en Rosa, die nog niet bestonden.

15

Maria He 'Ftah is een vrouwelijke hydra en voor Perseo Marciàlis is zij het middelpunt van zijn zodiak, die om haar donkere wezen draait.

De steden van haar vader Giovanni hier en haar moeder Hana Meir daar, zijn elkaars spiegelbeeld met de zee ertussenin; de geometrie van de aarde – die voor Maria heilig is – verbindt ze met elkaar maar ze voelen geen bloedverwantschap.

Maria geurt naar koriander en ze bewaart de harmonie tussen haar botten, lijnen en hoekige trekken met haar donkere vlees, dat – ze hadden het Efisio al verteld – een onverklaarbaar licht uitstraalt dat onder haar huid vandaan of van nog dieper komt.

'Het spijt me, Maria He 'Ftah, ik weet dat je je zorgen maakt om Perseo Marciàlis, maar ik moet weten hoe het zit. Dat is voor iedereen beter.'

'Herinnert u zich, Efisio Marini, dat wij aan dezelfde tafel gegeten hebben bij uw vader Girolamo en uw moeder Fedela?'

'Ja zeker, en ik herinner me ook hoe terughoudend je bleef, wat iets anders is dan alleen maar zwijgen. Hier bij ons zijn er ook vrouwen die net als jij niet praten en vroeg volwassen zijn. Maar nu moet je praten, Maria He 'Ftah, want woorden kunnen van nut zijn, niet om gebeurtenissen te vervangen, maar om ze te begrijpen.'

94

Maria krabt haar armen, ze is nerveus en ze lijkt heel hard na te denken.

Efisio staart haar aan en zij houdt haar ogen neergeslagen. Maria draait zich in haar stoel om, krabt zich opnieuw en roept: 'Marcellina.'

De oude vrouw komt binnen met koffie en bitterkoekjes.

Nu kijkt Maria Efisio in de ogen.

'Dokter Marini, Perseo zit al zeven dagen in de gevangenis en ik weet wat ze met hem doen. Ik heb hem gezien. Hij heeft zich voor mijn bezoek gewassen, gekamd en een beetje opgeknapt, maar het leek wel alsof er nog maar de helft van hem over was... Ik praat niet veel maar ik kan wel duidelijk zijn. Ze hebben hem al zijn kracht ontnomen. Als datgene wat u van me wilt weten kan helpen om hem uit de toren weg te krijgen, geef ik antwoord.'

Efisio is getroffen – en hij vertrouwt op zijn intuïtie – door haar gezicht, dat zonder veinzerij lijkt uit te drukken wat ze denkt. Hij gelooft in gelaatsuitdrukkingen zoals een ziener gelooft in de vlucht van vogels: 'In de gevangenis hebben ze Perseo steeds weer gevraagd waarom een groot deel van zijn transacties niet in de boeken voorkwam, maar niemand begreep het. Misschien is er ook geen reden voor, is hij gewoon slordig. Waarom hij advocaat Làconi haatte, is bekend...'

'Is dat bekend?'

'Ja. Giacinta Làconi weet dat je haar halfzus bent.'

Maria's pupillen zijn te klein: dat is het dus, denkt Efisio, daarom heeft haar blik iets vals, iets vinnigs, het enige detail dat enigszins zijn argwaan wekt.

'Giacinta weet ook dat je moeder een jaarlijkse toelage krijgt van vierhonderdtwintig lire. En ze zal geen vinger uitsteken om dat van je af te pakken, noch zij, noch – denk ik – haar oma...'

'Donna Michela, de oude vrouw die nooit doodgaat.'

'Maar ik ben hier niet om daarover te praten, Maria.'

De jonge vrouw krabt nog steeds haar armen en nu ook haar hals.

Efisio praat door terwijl hij de slappe koffie drinkt: 'Ik twijfel, sterker, ik word overspoeld door twijfel… Maar wat jou betreft, heb ik er maar één en daarom vraag ik je of je evenveel van je vader hield als van je moeder. Ik weet van majoor Belasco dat je haar een keer in de week opzoekt in haar souterrain.'

Hij moet opeens, wie weet waarom, aan Vittore en Rosa denken, hij voelt een steek maar luistert naar Maria.

'Mamma is vijftig en lijkt even oud als donna Michela. Mijn vader zag ik nooit.'

Ze onderbreekt zichzelf: 'Marcellina, breng wat koel water, maar wel echt koel. Ik heb dorst.'

'Wat is dat voor jeuk die je aan je armen hebt?'

'Muggen.'

'Muggen, 's morgens?'

'Ze pakken me op elk moment van de dag, alsof ik een roze huid heb.'

Maria ziet eruit als een vrouw die de muggen al generaties lang weet weg te houden: 'Vanuit mijn huis zie ik het moeras en de zee. 's Nachts sta ik uren bij het raam omdat slapeloosheid, niet angst, mij waakzaam houdt. De muggen komen met honderden vanuit de lagune. Ik heb gaas over mijn bed dat me beschermt als ik slaap, maar ik slaap weinig, zoals ik al zei.'

Efisio wil niet over muggen discussiëren. Deze vrouw slaagt erin om precies over die dingen te praten die zij wil, zoals een echte handelaarster dat kan. Ze zou alles kunnen verkopen.

'Ik denk, Maria, dat er door dit hele verhaal één draad loopt, een giftige, die ons steeds ontglipt. Man en vrouw sterven een gewelddadige dood en majoor Belasco komt – naar vermogen – dicht bij een waarheid. Ik kom ook dicht bij een waarheid, een andere. Toen ik de beide geschrokken doden in steen veranderde, dacht ik dat ik een rivier was overgetrokken en stromingen had overwonnen. Ik bedoel, we zitten er dichtbij... En jij kunt ons helpen. Je hoeft niet bang te zijn: wat er ook gebeurt, je moeder zal het aan niets ontbreken. Er is het testament van de advocaat en daarin wordt aan haar gedacht.'

Maria heeft de hele kan water leeggedronken en blijft krabben. Ze heeft daardoor iets van haar gratie verloren; ze kan bijna niet stoppen.

Efisio heeft zijn koffie op en voelt een prik in zijn hoofd; een prik, een idee, een prik, een idee. Maar onregelmatig. Dan prikt het ook in zijn hals en in zijn armen en is ook hij, tot zijn schande, gedwongen om zich te krabben.

'U mag uw koffiekopje houden, Efisio Marini.'

'Moet ik koffiedik kijken?'

'Nee, dat doen ze in het land van mijn moeder met belangrijke gasten: de gast krijgt het kopje dat hij heeft gebruikt cadeau. Ik zal het voor u in een zakdoek wikkelen.'

Later, op straat, lijkt het wel of hij, zoals altijd, alles hoort maar dan veel intenser. De ideeën lijken grootser en ze wapperen als witte lakens in de wind, maar daardoor raakt hij wel in de war, omdat ze over elkaar heen vallen. De ideeën geven hem een gevoel van welbehagen, hij transpireert, maar voelt een koelte die aandoet als de essentie van koelte, die vanuit zijn maag komt en alle kanten op wordt geblazen. Het lijkt net alsof de stad met haar straten heuvel op en heuvel af, in de vlakte ligt.

Van de ideeën die alle kanten op springen, springt er een hoger dan de andere en hij grijpt haar beet, houdt haar tussen zijn handen en kijkt er aandachtig naar.

Mattia Bertelli heeft het uiterlijk, de consistentie en de constante energie van een rups. Zijn apotheek ziet eruit als een aangevreten moerbeiblad en op de vloer liggen de resten die hij al vijftig jaar bij het zoeken naar medicijnen op de schemerige planken achterlaat.

'Dokter Marini,' lispelt Bertelli kruipend achter de toonbank. 'Wilt u weer poeders? Mijn complimenten! Ik heb de mummies gezien... Laat ze maar praten allemaal, laat ze maar kletsen, de feiten spreken voor zich... Advocaat Làconi en zijn vrouw blijven bestaan ook als wij geen medicijnen meer nodig hebben, want zoals u weet komt er een moment – en het is alleen maar een moment – dat geen siroop, elixer, tablet of pijnstiller nog helpt... Maar uw zouten, die helpen wel, en hoe!'

Efisio ziet bleek vandaag en de traagheid van apotheker Bertelli ergert hem: 'In dit druppelflesje zit wat koffie.'

'Koffie, Efisio Marini? Druppels koffie?'

'Als u erin zou slagen om de stoffen waaruit de koffie is samengesteld van elkaar te scheiden en te identificeren, zou ik zeer geholpen zijn.'

Bertelli kronkelt even: 'Is het voor uw onderzoek?'

'Inderdaad... koffie is opwekkend, dat weet iedereen, maar deze is nog opwekkender. Wat maakt hem zo versterkend?'

'Is hij nog opwekkender? Is deze koffie opwekkender dan normaal?'

De apotheker pakt het druppelflesje, kruipt weg en verdwijnt golvend achter de planken. Hij klappert met zijn kaken en mompelt: 'Komt u over vijf dagen terug, dokter Marini, maar ik weet niet wat ik u over deze koffie zal kunnen vertellen.'

'U noemde mij altijd Efisio... en nu ik twee doden heb versteend, noemt u mij anders?'

'Kom over twee dagen maar terug, Efisio.'

16

Voor Efisio is familie een gevoel dat met de gebeurtenissen mee schommelt. Als hij diep in zijn binnenste, hij weet niet eens waar, gevaar voelt, drijven zijn verlangen naar de orde van zijn ouderlijk huis, al was het maar de orde van de vier muren, zijn heimwee naar de regels, de stemmen, de vaste uren, de cycli van het eten, die sinds zijn kindertijd met de seizoenen mee veranderden en altijd hetzelfde bleven, al deze dingen samen, hem naar zijn familie.

Fedela, die zijn lok wegstrijkt, Girolamo, die ook al niet meer weet hoe oud zijn zoon is, Memèna, die de schildpadbouillon inschenkt en de wijn doseert, bezorgen hem een passieve, zorgeloze terugkeer naar zijn kindertijd; hij kan er geen weerstand aan bieden. Zodoende verdraagt hij, nee, wacht hij op het haarspeldje dat zijn moeder in zijn haar schuift zodra hij aan tafel gaat, want zij moet er niet aan denken dat er een haar in de soep komt en ze weet dat Efisio verstrooid is.

Memèna dient de aubergines op, de helft met een hartige, de andere helft met een zoete vulling.

'Hoeveel jaar drijft Perseo Marciàlis al handel op de San Francesco-pier, pa?'

'Handel? Sluikhandel zul je bedoelen... Dat is iets anders, Efisio.'

'Dat weet ik, majoor Belasco ziet het ook zo. Maar dat is niet genoeg om in de toren te belanden en iedere dag geslagen te worden. Dit is een soort justitie die me angst aanjaagt.'

'Justitie moet ook angst aanjagen.'

Carmina staat van tafel op en brengt de aubergines naar Vittore en Rosa, die aan een laag tafeltje in de keuken eten omdat kinderen de boel vies maken.

Girolamo schenkt de wijn in.

'Luister eens, Efisio, Perseo koopt en verkoopt van alles: stof, graan, gerst, ploegen, ketels… Hij heeft een vertrouwensman, kapitein Luxòro, die nou niet bepaald een fatsoenlijk type is. Hij drinkt en gaat in elke haven achter de wijven aan. Hij is slim, maar volgens mij te onwetend om écht slim te zijn. Luxòro lijkt slim, hij ziet er slim uit, hij grijnst als een slimmerik, maakt slimme geintjes…'

Carmina valt haar schoonvader in de rede: 'Wat is dat, slimme geintjes maken?'

'Nou, hij doet net alsof hij bepaalde dingen weet en zorgt ervoor dat, wat hij ook voor stoms zegt, het vier of vijf betekenissen heeft, zodat de mensen zich wel van alles moeten afvragen en denken dat hij intelligent is.'

Carmina kijkt ernstig: 'Dus volgens u moet een echte slimmerik juist een beetje dom lijken.'

'Heel goed, Carminetta, de echte slimmerik moet een beetje dom lijken of in ieder geval doen alsof hij echt van zijn gezond niet weet. Daarom is Luxòro niet slim.'

Ze laat het even tot zich doordringen, maar geeft niet op: 'Alsof hij van zijn gezond niet weet… alsof hij…'

De maaltijd gaat verder met weinig gepraat en het prettige geluid van bestek en glazen, waar Efisio naar luistert.

Hij eet snel en als hij zijn meloen op heeft, haalt hij het speldje uit zijn haar, geeft het terug aan Fedela en gaat in een luie stoel de *Gazzetta* zitten lezen.

Buiten heerst de middagstilte en de linnen gordijnen bollen op en houden de hitte een beetje tegen.

'Efisio,' zegt Carmina zonder hem aan te kijken, terwijl ze helpt met afruimen. 'Wil je een gouden speldje voor je haar? Ik heb er eentje voor je.'

Hij kijkt niet op van de krant, houdt zijn adem in en denkt snel na. Een microscopische trilling doet de pagina's van de krant bibberen en zijn lok onttrekt zijn voorhoofd niet voldoende aan het zicht.

'Het speldje dat ik in mijn broek had laten zitten?'

'Ja, dat gouden speldje met inscriptie. Ik kon het niet lezen want de lettertjes zijn te klein.'

'Nee, ik heb nu geen speldje nodig, Carmina. Ik heb de inscriptie ook niet gelezen, daar heb je een loep voor nodig.'

'Waar heb je het gekocht, Efisio?'

'Ik heb het niet gekocht, ik koop geen haarspeldjes.'

Hij denkt nu nog sneller maar merkt dat de spijsvertering zelfs bij hem de ideeën vertraagt en hij kan Carmina's gelaatsuitdrukking niet zien. Hij is in het nadeel en dat was haar bedoeling.

'Ze hebben het me cadeau gedaan.'

'Wie?'

'Weet ik niet meer. Na het mummificeren van de Làconi's heb ik ontzettend veel kaartjes en brieven gekregen, dat weet je, en in een van de enveloppen zat ook dat gouden speldje. Ik wilde het ergens opbergen maar heb het in de zak van mijn werkbroek laten zitten.'

Verdraaid, nu voelt hij iets kriebelen in zijn nek, hij heeft geen middenweg gevonden en nu is hij verder gegaan dan de zonde van de nalatigheid.

Zijn eerste echte, grote echtelijke leugen en hij floepte er zomaar uit, zonder dat hij hem vooraf had bedacht. Hoewel, misschien had hij hem al een tijdje in gedachten.

Het is niet belangrijk, denkt hij met volle maag, dat het een leugen is. Belangrijk is dat hij de zaken houdt zoals ze waren voordat hij het zei, dat hij geen verwarring sticht.

Hij blijft lezen, maar ineens is daar een nieuw onbehagen, van een soort dat hij niet kent: hij vindt de nek van Carmina, die de borden naar de keuken brengt, weerzinwekkend. Hij merkt een verandering in zijn leven, staalhard, dof en definitief. Plotseling heeft hij het gevoel met zo veel giftige roest bedekt te zijn dat hij zich niet kan verroeren; hij zou mijlenver weg willen zijn van deze stad en de familie die hij vandaag heeft opgezocht.

Er wordt al een paar minuten op de voordeur van het huis in de Via San Vincenzo geklopt. Efisio hoorde het geluid eerst in zijn droom en werd toen wakker, kleedde zich aan en ging naar beneden.

Het is Maria He 'Ftha: 'Dokter Marini, mijn moeder ademt niet meer…'

'Hoezo, ademt niet meer?'

'Ze ademt een keer per minuut… geeft geen antwoord… Help me alstublieft.'

Efisio rent naar binnen, pakt zijn tas en komt weer naar beneden.

'Waar woont ze?'

'In de Via del Collegio.'

In het souterrain van Hana Meir komt nooit frisse lucht, niet eens de al door anderen uitgeblazen lucht. Maar het is helemaal wit, de wanden zijn geschilderd met olieverf, en het lijkt schoon.

Op een smal bed ligt Hana.

Op de grond ligt een pijp van drie palmen lang, de kop rookt nog. Maria heeft een klein raampje opengezet dat uitkijkt op de kinderhoofdjes van de straat; de kakkerlakken die daar wandelen komen op de geur van de pijp af en waggelen dan verdoofd weer weg.

Efisio onderzoekt de vrouw, die niet oud is, maar wel grijs haar heeft en veel rimpels. Weinig vlees en veel huid. Hij knoopt haar hemd los en nu lijkt ze nog armer aan levende substantie.

Maria He 'Ftha huilt niet: 'Ik heb haar zo gevonden... ze geeft geen antwoord meer...'

De vrouw is stervende en hij wil weten waarom. Hij kijkt een hele tijd naar Hana, daarna kijkt hij om zich heen en zijn oog valt weer op de rokende pijp. Hij pakt hem, ruikt eraan.

Maria weet wat er met haar moeder aan de hand is. Efisio onderzoekt of Hana pijn heeft, hij betast en beluistert haar.

De totale afschuw die een ieder die pijn lijdt bevangt, wordt niet verzacht door het feit dat dit lot iedereen weleens heeft getroffen, in welke vorm dan ook. Zintuiglijke pijn – de enige die vaststaat – is onevenredig. Een zenuwtje in een vinger, de nog kleinere zenuw in een kies, de draadvormige zenuwen in een oog kunnen je gekker maken dat een grote zenuw. Allemaal kunnen ze pijn veroorzaken in de meest vergeten vertakkingen, die, als ze worden opengelegd, door een onrechtvaardigheid van de natuur waar Efisio niets van begrijpt, een van pijn vlammend tabernakel worden.

Hij doorzoekt de enige kast in het souterrain, vindt een stoffen zakje, opent het en ruikt eraan.

Hij knielt naast Hana: 'Maria, zet de lamp eens dichterbij en als er nog een is, steek die dan ook aan en zet hem hier. Ik geloof dat ik het weet. Je moeder heeft geen pijn en heeft die misschien ook nooit gehad, ze had een manier gevonden om niet te lijden.'

Hij verlicht Hana's gezicht, tilt haar oogleden op en ziet een blik zonder focus.

Het licht valt op een lichaam dat zich helemaal in zichzelf heeft teruggetrokken maar dat geen pijn veroorzaakt, want daar is geen spoor van te zien op Hana's gezicht. Efisio ziet zelfs de eenzaamheid van wie alleen overgaat niet op haar gezicht, sterker nog, hij ziet ook de voorbereiding op de overgang niet. Nu weet hij het.

'Opium! Deze vrouw rookt opium! Maria, je moeder... Kijk, haar pupillen...'

Maria heeft nog een lamp aangestoken en blijft midden in de kamer staan. Haar haar zit in de war, ze lijkt magerder en bij dat licht herkent Efisio in de verslagen, schrikachtige houding van het meisje iets van advocaat Làconi.

Hana ademt oppervlakkig en bij iedere inademing zuigen haar lippen naar binnen. Ze beweegt niet. Efisio beluistert haar hart: allemaal korte slagen snel achter elkaar. Haar pols is zwak. Haar pupillen, haar pupillen…

'Gaat ze dood?'

'Ik kan er niets aan doen, Maria, ze heeft veel gerookt, te veel opium, en daar kan ik niets aan doen. Je wist het… je wist het wel, hè?'

Het is stil in de kamer, dat kan niet anders ten overstaan van de dood die zich aan het voltrekken is, bedenkt Efisio; terwijl de voltrokken dood een opluchting is en daar heb je speciale woorden voor, die je spreekt en schrijft. En wat doet degene die erbij is?

Degene die erbij is denkt aan zichzelf en aan de stervende, maar vooral aan zichzelf. Dat weet Efisio. Wie een bloedband met de stervende heeft, vindt het verschrikkelijk maar denkt aan wanneer hij aan de beurt zal zijn want daar doet de stervende hem aan denken. Vooral als hij een bedeesde doodsstrijd aanschouwt zoals die van Hana, die steeds dichter bij de leegte komt. De dood ziet niets levends aan de vrouw over het hoofd.

Er komen tranen te voorschijn: misschien is er een fris windje van herinneringen in haar hoofd opgestoken.

'Mamma huilt, dokter Marini… is dat een goed teken?'

'Het hangt ervan af wat er in haar hoofd omgaat, Maria.'

'Misschien denkt ze wel aan toen ze nog een kind was… en gaat ze tevreden dood… Opium helpt vooral om dood te gaan. Ze zei altijd dat ze heel veel licht zag en een koel gevoel in haar buik had als ze rookte… Ze vertelde me over de papavervelden in Djerba… daar speelde ze als kind… en over de zee…'

Een Afrikaans kind dat in witte straten speelt en schaduw zoekt.

Maria He 'Ftha huilt nog niet.

'Kunt u haar voor me verstenen?'

'Natuurlijk, Maria…' IJdelheid, hij bespeurt een lichte ijdelheid, maar dat komt omdat hij ook bang is: 'En wie al begonnen is aan haar te peuzelen, die zullen wij zijn tanden op haar kapot laten bijten.'

De hemel begint te verkleuren en het blauw is nu minder diep.

Ze blijven daar om Hana in haar doodsstrijd bij te staan; ze is nu helemaal ineengeschrompeld en lijkt wel een wezentje van een andere diersoort. Af en toe prevelen ze wat – iets wat wel de toon maar niet de vorm van een gebed heeft – en kijken hoe de vrouw, zonder tegenstand, wegglijdt.

Op een zeker moment in de vroege ochtend, in het eerste, nevelige ochtendlicht, ontspant het rimpelige gezicht van Hana zich, ze doet haar ogen open en zo blijft ze liggen. Efisio weet zeker dat ze niet geleden heeft. Maria begrijpt de, ogenschijnlijk minuscule, verandering meteen, en voelt hoe het zich stil terugtrekkende leven dezelfde schaamte teweegbrengt als een aangekondigde dood, en dezelfde schrik bij de levenden.

Pater Venanzio, met zijn zweverige brein, zit op het bed in zijn cel en het licht schijnt door hem heen. Telkens als hij op het kussen dreigt terug te vallen, ondersteunt Efisio hem.

Op dat moment klopt er zichtbaar een ader in de hals van Venanzio en pompt een klein beetje rood bloed naar zijn hoofd. Het geconcentreerde bloed doet hem opleven en hij zegt: 'Al dat geweld van de dingen, ook van die welke we gewend zijn de tederste te vinden – denk maar aan de bruutheid van de paring, die ik om die reden nooit heb willen meemaken – produceert een angst en een droefenis die we niet kunnen begrijpen. Sterker, hoe mooier de dingen zijn, hoe meer schrik ze aanjagen. Zo jagen het blauw van de hemel, de kleuren van de aarde net zo veel schrik aan als de eerste mens moet hebben gevoeld. En ik moet daar God in zien en noem de dingen het geschapene. Ik moet er God in zien.'

Venanzio onderbreekt zichzelf want het beetje bloed is, als een te kleine dosis geneesmiddel, uitgewerkt, dus hij valt terug op het kussen terwijl Efisio zijn lippen bevochtigt met een in malvezij gedrenkt lapje.

17

'Het is het dikke sap dat uit de zaaddoos van de slaapbol druppelt en, nadat het is opgevangen, stolt. Een hectare kan vijf tot zeventig kilo opium per jaar opleveren. Onder de microscoop zie je gelige bolletjes die eruitzien als tranen. Die gele korreltjes bevatten de alkaloïden die een uitwerking hebben op het hoofd en, als je het zo wilt noemen, de ziel. Dioscorides maakte er al vóór Christus een siroop van tegen de pijn en wie weet hield hij ook wat voor zichzelf. In Thebe, in Egypte, maakten ze thebaïnetinctuur uit papavers, die met het overvloedige water van de rivier reusachtig groot werden. Van oudsher roken de mensen het poeder tot ze er dood bij neervallen. Met twee of drie gram aanschouwt men leunend op een vensterbank vol heerlijke geuren, zonder angst het hiernamaals en men sterft zonder te hebben begrepen dat wat we hebben gevreesd eindelijk zover is en dat het, goed beschouwd, slechts een minieme, zij het radicale, verandering is.'

Belasco schrijft zelf het verbaal dat Efisio hem dicteert, en vermijdt het om de opmerkingen te noteren die naar zijn mening niet aan de rechter hoeven te worden voorgelegd.

'Dokter Marini, ik heb informatie ingewonnen… met permissie, ik wil niet uw werk doen, maar…'

'Nieuwsgierig, hè…'

'Dat is het niet. Ik ben geen dienstmeid die net uit haar boerengehucht is geplukt.'

'Belasco, waarom moeten wij toch altijd verzanden in een

woordenstrijd? Nieuwsgierigheid is een nobele geesteshouding, geen sensatiezucht. Wat denkt u dat mij drijft wanneer ik in het gezelschap van doden of stukken van doden ben? U bent ook nieuwsgierig, want uw werk vereist dat. Misschien zou u zich liever niet zo veel vragen stellen, maar u moet wel. Ik zou weleens iemand willen tegenkomen die geen vragen stelt.'

Efisio zwaait met zijn wijsvinger voor Belasco's gezicht en die staat op, om aan die vinger te ontsnappen, en ijsbeert door de kamer.

'Ik heb navraag gedaan, dokter Marini, en ik weet dat morfine bij zestig graden uit opium wordt gedestilleerd.'

'Ja, majoor, uit tien gram opium kan één gram morfine worden verkregen.'

'En ik weet dat twee of drie gram het einde betekent, dodelijk is.'

'Klopt. In mijn tas heb ik Sydenhamtinctuur, die iedereen laudanumtinctuur noemt, zoals vroeger, en ik ken de wonderbaarlijke invloed ervan op pijn. Maar ik had nog nooit een opiumschuiver zien doodgaan, nooit.'

Belasco neemt de pen weer ter hand: 'Een opiumschuiver kan niet zonder, dat is toch zo?'

Efisio voelt zich opeens uitgeput: 'Pijn. Een en al pijn is het... Kijkt u maar om u heen, het is werkelijk een en al pijn, ook in deze ingeslapen stad. Daarom rookte Hana Meir tot ze erbij neerviel. Haar dochter interesseerde haar niet meer, het interesseerde haar niet of ze een spoor achterliet op aarde, een afdruk. Opium is in zulke mooie, kleurige bloemen gestopt omdat iemand dan nieuwsgierig wordt, het eruit haalt en begrijpt dat je ermee kan ontsnappen aan de dingen van de wereld. Wat kon Hana een zonsondergang schelen, een blauwe zee of de lucht? Allemaal nutteloze afleiding. Uiteindelijk vergat ze zelfs haar dochter Maria, voor wie ze toch zo in de weer was geweest met advocaten, rechters, rechtbanken en politie.' Hij glimlacht: 'De andere grote pijn van de wereld.'

In deze contreien is nog nooit iemand op deze manier gestorven en iedereen denkt dat het een dood is voor de grote stad waar – dat schrijft ook de *Gazzetta* – ook de ondeugden groot zijn. Slechts een enkeling heeft eerder horen spreken over deze buitenissige, exotische manier van wegkwijnen. Hier bedrinken ze zich met slechte wijn, eten ze zich een hersenvervetting, stikken in hun venijn, verlummelen hun tijd op de bankjes onder de palmen, zoeken overal afleiding, slapen bedwelmd door de zon, maar niemand is ooit aan opium gestorven. Dat gelooft Belasco tenminste.

Hana Meir heeft iets nieuws gebracht, iets wat niemand kende in deze contreien. Over deze unieke manier van doodgaan zal hier in de stad tot in eeuwigheid worden gesproken: 'Waar had Hana Meir die opium vandaan, dokter Marini?'

'Wat denkt u? Van zee, natuurlijk. De opium komt hier aan en wekt in de slechte genen van de inwoners een weerzinwekkende energie op die u tot staan moet brengen. Iemand noemde het ooit het "genot van het genie". Ik ben het niet eens met dat *genie*. Als Matteo de klokkenluider een hele plantage opium zou oproken, zou hij mooi dromen maar even dom blijven als hij van nature is. En als de stad een opiumkit zou worden, zou ze dezelfde stad blijven die ze is. Is het Gerecht des Konings niet voorbereid op dit soort zaken? Laten ze dan aan het studeren slaan: allicht staat er iets in de wetboeken.'

Buiten opnieuw onmetelijke wolken uit het zuiden. Efisio kijkt naar de hemel en het lijkt wel of er ook een giftige opiumwolk op hem afkomt. Hij voelt zich zwak, hij leunt tegen de muur en sluit zijn ogen… Wat een duizeligheid en wat een pijn.

Kapitein Augusto Luxòro ziet er niet uit als een man van de zee. Hij heeft niet de zilte rimpels van zijn bootslieden. Hij heeft een slappe, gelige huid, die tegen een treurig gezicht zit aangeplakt dat zo lang is als van een ezel. Hij zit aan een tafel in het restaurant van Fabio Cancello: 'Voor mijn part leggen ze beslag op de boot! Al houden ze 'm een maand! Ik zit er niet mee, 't is allemaal al opgelost.'

Fabio, krom en met het gezicht van een aalmoezendief, zegt tegen hem: 'In de brief van Perseo stond dat je de hele lading in zee moest gooien... Hij moet gek zijn geworden van angst nu hij de methodes van het Gerecht des Konings aan den lijve ondervindt.'

'Voor mij graag gebakken paling en een fles wijn van Perseo, die drinken we namens hem. Ik heb gehoord dat hij is afgevallen en z'n haar altijd in de war zit, de stakker. Hoe houdt hij het uit zonder wijn en zonder Maria He 'Ftha? Zelfs de naam van die vrouw klinkt mooi... He 'Ftha...'

Fabio Cancello, die als kind uit een dorp van zuinige bergbewoners naar de stad is gekomen, is kelner van nature en van lichaamsbouw. Hij is nu veertig en eigenaar van het enige restaurant in het havenkwartier. Zuinigheid heeft de ontwikkeling van zijn lichaam en roofdierachtige gelaatstrekken getekend (maar hij zet zijn tanden alleen in weerloze prooien). De mensen beoordelen hem naar hoe hij bedient en hij beoordeelt de mensen naar hoe ze zich laten bedienen.

'De slavernij is afgeschaft. Maar waarden en kelners zijn slaven gebleven,' zegt hij altijd.

Hij brengt de gerechten zelf naar de tafels en hij geniet het meest als de mensen betalen en hij de munten telt.

Hij zit naast kapitein Luxòro en in hun uiterlijk zijn er kleine overeenkomsten.

Fabio sist verontwaardigd: 'Hij wilde de lading overboord laten gooien! De lading overboord en opgelost in het water om de vissen en zeemeeuwen blij te maken... Hij is gek! Van angst word je dus echt gek! Goed gedaan, Augusto…'

'Betrouwbare mensen in Bizerte houden de lading nu in de gaten. Geen lading, geen geld. Soms is het beter om niet te gehoorzamen, Fabio. Laten we dat onthouden, en als Perseo deze geschiedenis achter de rug heeft, zal hij gebutst zijn en vol blauwe plekken zitten, maar hij zal geen cent verloren hebben… en hij zal blij zijn dat ik zijn brief heb verscheurd.'

Fabio ontkurkt een van de flessen die Perseo voor zijn gasten apart had laten zetten in het restaurant voor als hij bezig was met zijn louche zaakjes.

Carmina verweert zich en wil zichzelf geen pijn doen, maar telkens als ze een bewijs heeft van de intimiteit tussen Efisio en Matilde, snijdt dat altijd op hetzelfde punt boven haar navel door haar heen.

Maar dat zou ze zelfs haar biechtvader niet vertellen, hoewel die afweet van de half heidense excessen van haar man.

Toen Carmina het gouden haarspeldje vond, veronderstelde ze dat alleen een vrouw zo'n voorwerp aan een goudsmid kon vragen en *achter het voorhoofd* erin kon laten graveren. Ze werd misselijk van die woorden en ze heeft de hele dag overgegeven.

Ze bleef er daarna, nog steeds met pijn in haar buik, over piekeren, en toen doemden de naam en het gulden gezicht van Matilde Mausèli voor haar op.

Ze schaamde zich maar wenste opnieuw dat Efisio ernstig ziek werd zodat ze hem bij haar thuis zou hebben en hem net als haar kinderen kon bemoederen. Een zware aanval van malaria zou hem tussen de muren van haar huis terugbrengen en hem aan het denken zetten. Efisio zou kletsnat, zwak, bleek maar mooi zijn, met blauwe oogleden zoals Christus toen hij van het kruis was gehaald, en hij zou ver weg zijn van het zonlicht en het licht dat hij, vast en zeker, van Matilde af zag komen. Ze zou de ramen openhouden en legioenen malariamuggen optrommelen om hem te steken. Liever dood.

18

Michela Làconi wordt vandaag drieënnegentig jaar, maar ze viert geen verjaardagen: ook die gewoonte is een truc om de tijd te misleiden, en ze denkt dat als ze het niet viert, het al voorbije jaar voortduurt. Sterker nog, al haar jaren zijn voor de oude vrouw één jaar, een enkele tijdspanne die zij doorbrengt op haar benige billen, die aan het eind van de dag pijn doen.

Dus wanneer Giacinta en Matilde bij haar langsgaan, weten ze dat ze haar niet moeten feliciteren.

'Matilde, blonde vreemdelinge,' zo noemt Michela haar sinds haar kindertijd, 'geef me een glas water uit de put. Ik moet mijn medicijn innemen.'

Medicijn? Giacinta is verbaasd, haar oma heeft nog nooit een dokter gezien. Voor haar bevalling waren alleen een vroedvrouw en een hulpje het huis in gekomen; ze hadden Giovanni uit de kleine kluis in Michela's schoot getrokken, waarna die voor altijd gesloten bleef.

'Wat voor medicijn?'

De oude vrouw laat haar muizentandjes zien: 'De conserveringszouten van Efisio Marini. Twee theelepeltjes per dag. Ik voel me beter, hij heeft gezegd dat ze versterken en stimuleren. Bernardina Mastio moet ze ook krijgen, ze is tweeënnegentig maar helemaal kinds en met één tand. Al haar familieleden zitten om haar heen te wachten tot ze iets zegt en daarna gillen ze met z'n allen: "Wat geweldig!" En ze stinkt naar pies.'

'Ze houden van haar, oma.'

'Ze wachten tot ze crepeert, maar dat mens is al gecrepeerd.'

Matilde lacht: 'Donna Michela, de zouten van Efisio conserveren de doden... ik wist niet dat ze ze ook aan de levenden geven. U bent gezond, ondanks de middeltjes die zelfs een reus nog zouden vellen.'

'Het was een idee van dokter Marini. Ik vertrouw die jongen: hij verspilt geen tijd, hij zit geen uren te eten en hij wordt niet dik.' Dan begint ze over iets anders: 'Giacinta, ik heb gehoord over de dood van die Hana Meir.'

Matilde loopt naar de binnenplaats om vers water uit de put te halen, een glaasje is genoeg.

Giacinta voelt het lichaam van Mauro nog, want die heeft haar vanochtend op kantoor zoals altijd weer verpletterd. Het lijkt wel alsof hij, met die warmte, zijn huid over de hare heeft heen gelegd, en nu voelt ze er twee, de hare, uitgedroogd, en die van Mamùsa, dik, gewelddadig en vruchtbaar. En met zijn huid heeft hij haar ook wat van zijn blik gegeven.

'Oma, je weet dat pappa een jaarlijkse toelage aan Hana Meir heeft nagelaten om in haar eigen onderhoud en dat van Maria He 'Ftha te voorzien...'

'Ik weet alles. Die Hana heeft dat geld nu niet meer nodig en Maria krijgt ook geen cent meer. Die halfbloed krijgt geen cent meer!'

De oude vrouw wringt zich in haar stoel, haar hoofd zakt opzij en ze valt even weg in een van haar korte, verdovende slaapjes. Ze lijkt nu een stuk droog vlees. Plotseling wordt ze wakker en zegt, alsof ze tijdens haar slaapje iemand heeft geraadpleegd, al zwaaiend met haar handjes: 'Giacinta, jij bent vrijgevig. Maar die gift is een beslissing van je vader en als hij het geld voor de moeder van Maria had bedoeld, dan wilde hij het dus niet aan haar dochter geven. Probeer jij maar eens te begrijpen wat er in mannen omgaat... Wij kunnen nu niets meer beslissen… Je vader had al besloten en daar veranderen wij niets aan.'

'Maria He 'Ftha is mijn zus!'

'Het is je halfzus, ze heeft maar voor de helft ons bloed. En ze hebben me verteld dat het nog minder dan de helft lijkt, als je haar ziet.'

Matilde is terug van de binnenplaats met het water. Ze glimlacht nu niet en zelfs in het halfduister glanzen haar blonde haren.

'Donna Michela, de moeder van Maria heeft de geest gegeven, maar haar dochter is er nog.'

De oude vrouw zwaait met haar armpjes en beentjes: 'De geest gegeven? Wat heeft Hana Meir gegeven? Ze had niets om te geven! Hoezo geven? Wat hebben ze ons gegeven dat we weer moeten inleveren? Tranen hebben ze ons gegeven en als ze me vragen om iets terug te geven dan geef ik tranen… Of nee, zelfs die geef ik niet… Het idee om iets te geven staat me niet aan… Ik ben niemand iets verschuldigd! Al had Giovanni de wereld bezaaid met kinderen… het kan me niet schelen… Pech voor die vrouwen die zich aan hem vergooien… Je mag het leven niet vergooien…'

Giacinta heeft last van de geur van Mamùsa die om haar heen hangt, ze denkt dat iedereen hem ruikt, ze wordt rood, transpireert en houdt afstand.

'Pappa regelde alles tot in de puntjes, oma. Hij heeft nooit iets onaf gelaten, alsof hij altijd op het punt stond dood te gaan. Hij maakte alles af… behalve de zaak met die Tunesiër.'

Michela wiebelt: 'Mooi, dat betekent dat hij wilde dat de dingen zo liepen.'

Ze komt uit haar stoel, landt op de grond en loopt, met een zakdoek tegen haar neus, naar de deur. Ze maakt een kwakend geluid en groet. Ze gaat slapen, want slaap stopt de slijtage.

Al dat zwoegen in waaktoestand tast het lichaam aan.

'Precies hetzelfde als het minst brosse mineraal. Geen stof en geen as.'

Als Efisio zichzelf herhaalt, als een klerk die almaar hetzelfde stempel op steeds een ander papier zet, betekent dat dat hij is vastgelopen en op een ondiepe, vlakke en zanderige bodem heen en weer schommelt, zonder rotsen en scherpe punten. Loomheid.

Het schommelen houdt niet op.

'Echt precies hetzelfde...'

'Basta!' zegt Belasco die naar de mummie van Hana Meir kijkt en daarna naar Efisio.

Hij: 'U hebt gelijk, majoor... ik zeg steeds hetzelfde omdat ik me verveel. Het komt door de verveling. En ik verveel iedereen, ik verveel u, mijn vrouw, mijn kinderen en mijn vrienden, maar ik verveel vooral mezelf. Ik heb het gevoel dat ik tegen iets oploop... Ik heb hooguit een lijn een beetje verplaatst, en daarom zeg ik zo vaak "ik heb dit" en "ik heb dat" als ik praat. Maar soms legt diezelfde lijn me het zwijgen op want ik weet dat ik mijn leven lang kan mummificeren en verstenen, maar ik kom niet voorbij die lijn.'

'Dokter Marini... u hebt gewoon zo'n moment...'

De momenten van Efisio komen allemaal uit dezelfde diepte en keren er weer naar terug. Maar de momenten van Belasco komen niet van zo ver en ontstaan binnen hemzelf, hij heeft ze alleen nodig om duidelijkheid te krijgen.

'Dokter Marini, we hebben allebei een taak die een zeker gewicht heeft. U zegt dat ik een rechte rug heb, nietwaar? Nou, laat ik u dan waarschuwen dat deze rug aan het doorbuigen is, want je kunt niet zo lang een gewicht torsen... Laten we de balans opmaken.'

De balans opmaken. Precies wat Efisio niet wil. Het laatste wat hij vandaag wil is de feiten zo ordenen dat ze tot een eenduidige oplossing leiden, wiskundig en volgens redelijke hypotheses te werk gaan: hij wil dat de gebeurtenissen vanzelf plaatsvinden.

'U wilt in de herinnering voortleven, nietwaar, majoor?'

Belasco kijkt hem aan op een manier die Efisio als brutaal ervaart: 'En u, dokter, wilt u dan geen spoor nalaten? U meer dan ik.'

Ze zwijgen en staren naar de mummie van de opiumschuifster, die perfect verhard en versteend is. Hana Meir heeft zelfs de uitdrukking van een cherubijntje op leeftijd.

Dan doet Belasco het raam open, kijkt naar buiten, ademt diep en komt weer terzake: 'Perseo Marciàlis doet geen mond open... Op het schip van Luxòro hebben we niets gevonden en ook niet in zijn pakhuizen... Perseo zit nog in de kerker omdat hij zijn boekhouding niet bijhoudt. We hebben de ruitjesstof in handen, precies dezelfde die de opperwachtmeester in de bouwval op de pier heeft gevonden. Mintonio had een geruit overhemd maar dat heeft hij weggegooid, en hij heeft een nieuw gekocht op dezelfde dag dat hij een gebit nam dat zo sterk is dat hij er het gevangenisvlees mee kan eten. Hij beweert dat hij het geld bij elkaar heeft gebedeld. In de gevangenis is hij begonnen zich te wassen, moet u zich voorstellen... in de graven van Sant'Avendrace wachtten ze altijd op regenwater. Rechter Marchi is ervan overtuigd dat Marciàlis er iets mee te maken heeft, hij beweert dat een rechter een ander soort intuïtie heeft dan een politieman, en dat de redenering erbij wint als je de feiten van een afstandje bekijkt, zoals hij.'

Efisio streelt de mummie en snuffelt eraan, ze ruikt echt naar aarde, net als zijn fossielen. Hij denkt aan Marchi, die in het paleis van justitie aan het raam staat en al die piepkleine inwoners daar beneden ziet.

'De redenering heeft er tot nu toe niet voldoende bij gewonnen, dunkt me.'

Belasco's stem klinkt niet zo fraai en opgepoetst als anders. De wijsvinger van Efisio is gestreken en hij zegt zachtjes, zittend naast Hana Meir: 'Ik heb geen echte redenering in mijn hoofd, majoor. Ik heb een heleboel ideeën die een rondedans-je maken, wat iets anders is dan door elkaar heen dansen. Ik wacht tot ze uit zichzelf de weg vinden. Ik ben verdoofd...'

'Waardoor?'

'Nou, mijn standbeelden, die de materie bijeenhouden die een andere eindbestemming had, brengen bij mij een dommige kalmte teweeg waardoor ik me nergens meer druk over maak... en ik verveel me, zoals ik al zei. Kortom, majoor, ik kan de stukjes niet in elkaar passen en ik zou ergens anders willen zijn en aan iets anders willen denken. Maar de opium en de zee spelen almaar door mijn hoofd... Opium en mummies: wat een chaos... Wist u dat opium soms een onbe-dwingbare jeuk veroorzaakt?'

'En de zee? Wat heeft de zee ermee te maken?'

'De zee is de toegangsdeur tot deze stad. Daar is het altijd vandaan gekomen... Ook de opium die deze vrouw rookte kwam beslist via de haven binnen en u hebt gelijk als u Perseo Marciàlis verdenkt. Hij had goede redenen om advocaat Làconi te vermoorden, maar minder goede om zijn vrouw te vermoorden. Maar over die Mintonio kan ik u geen zinnig woord zeggen. Ideeën wegen niet allemaal hetzelfde en lan-den niet allemaal tegelijk. Laten we wachten.'

'Laten we weggaan, Vincenzo, laten we weggaan uit deze stad. Ik kan overal zingen, mijn stem gaat met me mee. Ster-ker, die eeuwige vochtigheid en die door de moerassen ver-giftigde wind maken dat hij minder lang meegaat. Laten we een stad zoeken, desnoods klein en afgelegen, waar de lucht geurig is, naar rozemarijn ruikt...'

Fois Caraffa wrijft zijn ringen op aan de mouw van zijn jas-je. Hij ziet niets in vluchten.

'Hoor eens Lia, het gaat hier goed. Het is ingewikkeld, maar het gaat goed en ik weet hoe het hier werkt, ik weet alles wat je weten moet over dit theater. We kunnen ervan leven tot we oud zijn, ook al stinkt het moeras.'

Lia kijkt naar hem en bedenkt dat hij al oud is, aangetast door de sigaren waarvan hij ook de kleur heeft aangenomen. Maar hij is tevreden: 'De schenking van advocaat Làconi gaat net zo lang mee als ik... Hij staat op mijn naam, dat weet je. Advocaat Mamùsa heeft het duidelijk gezegd: het geld wordt iedere maand naar meneer Fois Caraffa overgemaakt. Wil jij in een theatertje in een of ander gat eindigen?'

'Hoezo, is dit dan een groot theater?'

'Nee, maar dit is het enige op het hele eiland, er komen regelmatig opera's, de journalist van de *Gazzetta* dineert in de loge, eet een door ons aangeboden kreeft en schrijft onder het kauwen zijn artikelen. Trouwens, moeten we uitgerekend nu weg, nu we net een vast inkomen hebben... een inkomen...'

De gelukzaligheid stijgt op tot in zijn ene haar, die dat voelt, zich vult met leven, kronkelt en opspringt als een veer. Hij plakt hem weer op zijn plaats met een beetje water uit de bloemenvaas.

'Wat wil je eten, Mintonio?'

'Ik eet wat u me geeft, majoor. Als ze mijn vrouw en kinderen ook naar de gevangenis brengen, ben ik tevreden en zij ook, weet u dat? Bent u ooit in een graf geweest? Daar vergaat het lachen je wel.'

Mintonio's ogen zijn een beetje minder hol geworden. Ze hebben hem geschoren want hij had meer luizen dan haren, zoveel dat het leek of er een briesje door zijn haren woei. Hij lijkt minder arm en het gebit brengt hem voorspoed.

Belasco doet voor hem niets speciaals met zijn stem: 'Hoor eens, Mintonio, jij wilt niet meer geslagen worden, hè? De stokslagen van het Gerecht des Konings laten geen sporen na, maken niets kapot en we kunnen er eindeloos mee doorgaan.'

'Dat weet ik.'

'Heb je iets op te biechten?'

'Er valt niets op te biechten voor ons grafbewoners.'

De arme man denkt weer aan de pijn en wordt misselijk, zijn ogen vullen zich met tranen en zijn wangen vallen plotseling in: 'Hou op met slaan... Ik weet niets, majoor... Ik heb dat rotoverhemd weggegooid... Ik had het bij de vuilnis gevonden, ik zweer 't, echt, ik zweer 't op Onze-Lieve-Heer. Ik geloof in de hemel en de heiligen, hoe zou ik anders kunnen leven...'

Belasco haalt zijn vermanende politiestem uit de kast: 'Mintonio, vanaf vandaag ben je vrij. Maar pas op.'

Juli. De angst weet dat de mensen hem een poosje vergeten. Je kunt niet het hele jaar bang zijn, en de seizoensverlamming die over de stad neerdaalt, beperkt de gedachtewereld van de inwoners, die alleen maar beschutting zoeken tegen de warmte. Ze eten in de schaduw, vegeteren voldaan, en stellen alles uit tot de laatste dagen van augustus, wanneer het, als ze wakker worden, plotseling koel is en ze vroeg naar bed gaan, omdat de zon eerder ondergaat en alle zorgen die ze opzij hadden gezet terugkeren.

19

Perseo Marciàlis' haar staat alle kanten op en wie weet wanneer hij het weer kan kammen. 's Nachts droomt hij altijd van Maria He 'Ftha. Maria die zijn haar gladstrijkt met haar handen, Maria die hem wast en hem kust. Maria die hem voedt.

'Ik weet het, ik weet dat Hana Meir opium rookte.'

Telkens als Perseo geen overtuigend antwoord geeft, moet opperwachtmeester Testa hem slaan. Deze keer doet hij dat met een zwiepende, in stof gewikkelde olijftak.

Belasco gebruikt een kleurloze stem: 'Marciàlis, het Gerecht des Konings heeft goede redenen om te denken dat u met uw schip opium naar de stad…'

Perseo valt hem in de rede: 'En wie rookt dat hier, hè? Ik doe niets tegen de wet. Zeggen jullie van het Gerecht des Konings maar wie het rookt of wie het drinkt of ermee gorgelt. Geen enkele wet verbiedt het.'

Testa ziet Marciàlis' blote hals, heft zijn arm en geeft hem een klap met de zweep op zijn nek. Perseo schiet omhoog van zijn stoel, maar hij heeft handboeien om en kettingen aan zijn voeten en valt op zijn knieën. Hij jammert een paar tellen en gaat dan, rood van woede, weer zitten, maar zonder striemen op zijn huid.

Belasco verandert niet van toon: 'Papavers groeien niet overal, er is vruchtbare aarde voor nodig en water. Op de westelijke hellingen van het Atlasgebergte weten de boeren hoe ze papavers moeten kweken en opium bereiden. Van daar begint dan de reis naar de grote steden. Maar er zit een zee tussen. Dus zijn er schepen nodig om het naar Marseille en god weet waar te brengen. Vanaf Bizerte naar Marseille via deze stad, toch, Perseo? Van Bizerte naar onze stad, toch?'

Perseo zit ineengedoken, met zijn hoofd op zijn knieën en huilt. Maria zal zijn haar niet meer kammen, en hij is wanhopig.

'Daarom gebruik je dus geen boeken zoals ieder ander. Graan, gierst, gerst en opium, opium. Daarom heb je twee grote huizen in Stampaccio, koetsen, wagens, paarden...'

Hij zal Maria niet meer kunnen omhelzen, aanraken, ruiken. Maria is twintig en als hij uit de gevangenis komt zal zij niet meer dezelfde geur hebben, wie weet hoe ze dan ruikt. En hij zal geen rood haar meer hebben.

'Majoor, mag ik iets zeggen?'

'Ja, maar geen vragen stellen.'

Perseo droogt zijn ogen: 'Ik heb opdracht gegeven de opium in zee te gooien, voor de vissen. Ik heb kapitein Luxòro geschreven. Vraagt u hem of hij gedaan heeft wat ik zei. Ik ken hem... hij gooit nooit iets weg... Waarschijnlijk is de lading nog in Bizerte. Maar ik zweer dat ik niets te maken heb met de dood van advocaat Làconi. Ik haatte hem omdat hij altijd heeft geprobeerd om Maria He 'Ftha van me af te nemen... Hij zei dat ik een kind verkrachtte... Ik houd van Maria en als zij wil, trouw ik over een jaar met haar, ook als ik nog in de gevangenis zit. Tot nu toe heb ik haar alleen een huis gegeven om in te wonen...'

'Jullie gaven aanstoot.'

'Ze is maagd, ze is nog maagd en don Migòni weet dat ook...'

'Heb je hem dat in de biecht verteld? Biecht jij?'

'Ja, bijna elke zondag... hier in de gevangenis ook...'

'Hier worden ze allemaal gelovig, hier biechten telt niet: te makkelijk.'

Perseo gaat rechtop zitten op de stoel en denkt aan het

touw dat om zijn hals wordt gelegd, aan het schavot dat op een winderige dag wordt opgezet, hij voelt de kou, ziet lage wolken voortjagen boven het plein, hij hoort het gegons van de menigte, voelt de handen van de beul. Hij is bang: 'Ik heb advocaat Làconi niet vermoord.'

Het is een trage zonsondergang. De wind is gaan liggen en daarna is vanuit het noorden stilletjes een heilzame bries komen opzetten die de door de zuidenwind opgeblazen hersenen schoon waait.

Belasco, minder recht dan anders, en Marini, met zijn handen in zijn zakken, lopen langs de stadsmuren.

Het is alsof ze zich aan elkaar tonen zoals ze thuis zijn, in kamerjas, zonder franje en zonder heisa.

'Kon zelfs de apotheker u niet zeggen of er opium zat in die koffie?'

'Nee, zelfs hij niet, majoor. Het was ook maar een bodempje dat in zijn veel te oude alambieken is verdampt. Maar ik denk dat Maria He 'Ftha het aan me heeft gegeven om me op een idee te brengen... Ze wilde me iets duidelijk maken. Ik ben ervan overtuigd dat er opium in zat: van koffie krijg je geen jeuk, slaat je hoofd niet op die manier op hol, veranderen je pupillen niet, krijg je geen fris gevoel in je buik, trekken er niet de hele nacht dromen in kleur aan je ogen voorbij...'

'Zou Maria He 'Ftha het in huis bewaren?'

'Ik denk dat er van de opium die Perseo Marciàlis in Marseille verkocht wel wat aan zijn handen bleef kleven. Hana Meir had het nodig, zij rookte het van jongs af aan. En misschien heeft haar dochter besloten er wat van in mijn koffie te doen om me op een idee te brengen...'

'Kon ze niet gewoon praten, onomwonden zeggen dat er in de stad in opium wordt gehandeld?'

'Dat is toch wat anders. Ze staat bij Perseo in het krijt en misschien houdt ze ook wel van hem: ze kan niet iets zeggen wat hem kan schaden. Het is een meisje dat met al dat zwart aan haar lijf, die zwarte ogen, dat zwarte haar, die bijzondere huid... ik wil maar zeggen, het is een meisje dat iets sterks heeft en dat ook uitstraalt. Het is een vrouw met een magnetische kracht, een kracht die je niet ziet maar die wel zijn uitwerking heeft. En ze vraagt hulp op haar manier.'

'Ik ga haar verhoren.'

Van bovenaf zien ze een zwart paard met een militair op zijn rug de steile Via Santa-Caterina op zwoegen. Ze staan stil en herkennen uit de verte opperwachtmeester Testa die roept: 'Majoor, majoor! Fois Caraffa...!'

Even later staat Testa, buiten adem, voor Belasco en Efisio: 'Fois Caraffa is dood! Hij is dood aangetroffen. Geen kogel, geen mes.' Hij kijkt Efisio aan: 'Op het eerste gezicht niks te zien, dus. Maar hij was vastgebonden, dokter, en hij had een plek op zijn voorhoofd. En dan is er nog iets... ik weet niet... maar...'

'Nou?'

'En, eh... hij glimlachte dus... ik heb nog nooit een dode gezien die glimlachte. Hij glimlachte echt. Ik zie het nog zo voor me.'

Vincenzo Fois Caraffa ligt op de bank. Zijn handen zijn vastgebonden op zijn rug. Op zijn rechterslaap heeft hij een ronde blauwe plek zo groot als een ei. Zijn ogen zijn gesloten. Zijn gezicht is ontspannen en zijn mond – de opperwachtmeester heeft gelijk – is vertrokken, maar niet tot een grimas: hij glimlacht, hij glimlacht echt, al zijn zijn lippen opgezwollen. Zijn ene goudkleurige haar heeft standgehouden en zit nog steeds vastgeplakt.

Die glimlach is werkelijk niet te begrijpen.

Hij woonde alleen, tegenover de Santo Sepolcro-zuilengalerij, in een groot huis met twee jachthonden die nu, opgesloten in een kamer, zitten te janken en aan de deur krabben om eruit gelaten te worden.

Lia Melis zit met verwarde haren op de trap.

'Ik wil niet meer naar binnen, ik heb hem een uur geleden gevonden… ik heb hem gevonden.'

Lia is gewend aan de doden uit haar opera's, die na hun doodstrijd opstaan om het applaus in ontvangst te nemen, het podiumstof afslaan, buigen en daarna gaan eten. Maar nu heeft ze door dat Vincenzo is vermoord, ze ziet de gezwollen blauwe plek op zijn slaap, ze ruikt de geur van de moord in het huis en ze heeft de indruk dat die haar ook op de trap achtervolgt. En dan die glimlach, die glimlach.

Ze vlucht het pleintje op en verdwijnt in een donkere hoek.

Efisio gaat haar achterna en houdt haar voorhoofd vast terwijl ze braakt, hij geeft haar een zakdoek, hij ondersteunt haar arm en laat haar plaatsnemen op een stenen bankje onder een lantaarn.

'Wat betekent dit, Efisio Marini? Wat gebeurt er?'

Hij heeft nu – het zullen de gebeurtenissen wel zijn – een fosforescerende blik en Lia merkt dat.

'Ik ben bang, Efisio.'

'Iemand in de stad voert het bevel over de angst, je hebt gelijk. Maar oog in oog met de angst moet je je hoofd afwenden en zo gaan denken dat het lijkt alsof hij er niet is. En dan zul je zien dat wij de angst de rillingen bezorgen…'

Hij gaat onder het licht van de lantaarn staan: 'Er is geen kruid gewassen tegen de dood, we kunnen er niets tegen doen. Ik houd larven, wormen en vliegen tegen, meer niet…'

Lia gaat ook onder het licht staan en luistert naar hem.

'Ik kan mijn verstand sturen zoals ik wil, Lia. Als de zee kalm is, kan iedereen stuurman zijn. Deze dood heeft de theorie van het Gerecht des Konings opgeblazen, maar niet mijn hoofd. Voorlopig, Lia, neem ik de gebeurtenissen alleen waar… Daarna komt ook het begrip en dan de moordenaar…'

'De moordenaar? Is er maar één moordenaar, Efisio? Een-tje maar?'

Hij onderbreekt zijn verhaal. Dit is een vraag die de kern raakt, en die wordt hem gesteld door een zangeres, denkt hij. Iemand die om te leven haar intuïtie gebruikt. En het is inderdaad intuïtie die nu de ideeën stuurt.

'Ken je het gezegde: *Duo cum faciunt idem, non est idem*?'

'Wat betekent het?'

'Het betekent dat als twee personen hetzelfde doen, het toch nooit hetzelfde is omdat het door twee verschillende mensen wordt gedaan. Als jouw moeder en mijn moeder tomatensaus maken, worden het twee verschillende sauzen, ook al gebruiken ze dezelfde tomaten.'

'En dus?' Lia's gezicht licht op, want, al begrijpt ze het ver-haal over de tomaten niet, ze hoort een meerstemmig ak-koord in Efisio's hoofd klinken. 'En dus, Efisio?' Als je goed kijkt, is ze niet dezelfde, lijdzame Lia als anders.

'Wat ik wil zeggen is dat drie vermoorde mensen ver-moord kunnen zijn door drie verschillende misdadigers al is het resultaat steeds hetzelfde: een levenloos lichaam. Maar op een dood lichaam blijft altijd een spoor achter van de moordenaar, dat wij moeten herkennen zoals we de saus van onze moeder herkennen. Ik denk dat ik een idee heb dat de andere ideeën heeft weggevaagd omdat het meer door-wrocht is.'

Plotseling wordt Lia's blik nog wanhopiger, ze beeft en om het beven te stoppen, duikt ze in elkaar en ineengedoken huilt ze: 'Efisio...'

Lia ziet grijs bij het licht van de lantaarn, haar ogen zijn nu twee schaduwen in haar oogkassen en haar lippen zijn weker: 'Help me, Efisio... gedachten die van god weet waar komen... de dag en de nacht, de overgang van de nacht naar de dag, en omgekeerd... het licht dat verdwijnt en weer terugkomt… Alles maakt me doodsbang, en dan…'

Ze begint te vertellen alsof ze voorleest: 'De laatste keer heb ik meer dan honderd druppels genomen. Dat is weinig, maar soms heb ik wel vijf keer zoveel genomen.' Haar tong slaat tegen haar gehemelte: 'Ik voel me al beter zodra ik de glazen dop van het flesje heb gedraaid en ik de druppels begin te tellen. Kom maar op, draken, harige monsters, boodschappers van de dood, kom allemaal maar op! Bij het licht van de olielamp kijk ik naar de druppels in het glaasje en dan drink ik ze op, maar niet in één teug… Ik houd ze tegen mijn gehemelte, daarna houd ik ze even onder mijn tong… En dan barst het los…'

Efisio heeft zich voorovergebogen en wrijft in zijn ogen: 'Barst het los?'

'Ja, het barst los, het ontploft…'

'Maar die ontploffing hoor je alleen in je hoofd. Je hoofd! Jij dus ook! Lia, Lia, er is geen remedie tegen en uiteindelijk ga je eraan kapot. Dat weet je toch?'

Lia blijft haar tong bewegen alsof ze de druppels in haar mond heeft: 'En dan bedank ik mijn mond dat hij de smaak herkent en opneemt, opneemt, ik dank voor hoe wij in elkaar zitten. Al die ideeën waarvan ik niet wist dat ik ze had maar die in mij opkomen en wegsterven…'

'Hoe vaak heb je ze nodig?'

Lia stopt niet, ze praat nog steeds alsof ze voorleest: 'Ik zing dan ook beter. Mijn stem blijft natuurlijk dezelfde als altijd, met een klein bereik, voor een klein theater, geknepen… maar er klinkt muziek door in mijn stem en alles verandert, want uit hoeken die ik niet kende krijg ik kracht en inspiratie, en ik hoor echt muziek en woorden… Zo zou de menselijke stem moeten zijn, zeg ik dan tegen mezelf… Een zingende slaapwandelaarster…'

Ze slaat haar handen voor haar gezicht: 'Maar dan is het voorbij.'

'Hoe vaak heb je behoefte aan laudanum?' Efisio heeft geen fosforescerende blik meer, hij heeft nu zwarte ogen, donkerder dan normaal.

Lia is buiten de lichtkring van de lantaarn gaan staan: 'Ik had het al veertien dagen niet genomen. Niets zeggen, hou je mond dicht. Met die frisse wind dacht ik dat het goed met me ging, maar nadat ik gisteren met Vincenzo had gepraat, heb ik de ladekast opengemaakt en het druppelflesje gepakt. Het was zo glad... Ik heb de helft erin gelaten voor de volgende keer.'

'Bij wie koop je het?'

'Bij Fabio Cancello, die van het restaurant... Hij is een bloedzuiger, elke keer moet ik meer betalen, een echte bloedzuiger... Ik verdien geld met mijn stem en betaal hem. De mensen weten niet waarom ik sommige keren beter zing. Ze horen iets anders dan anders maar weten niet wat het is. Alleen sommigen, jouw vader Girolamo bijvoorbeeld, realiseren zich het verschil en maken me complimenten en zeggen dat inspiratie iets moois is maar dat men niet weet waar zij vandaan komt, en ze zeggen me lachend dat ik voorzichtig moet zijn omdat ook de heiligen geïnspireerd raken.'

Efisio draait zijn lok om zijn vinger. In de eenzaamheid van zijn hoofd is zich een beeld aan het aftekenen, een heleboel mensen die elkaars hand vasthouden, maar hij ziet nog niet de boeventronie die de rij aanvoert.

'Dus Fabio Cancello levert opium in alle mogelijke vormen. Druppels voor jou, poeder om te roken voor Hana en god weet voor wie allemaal nog meer. Hij koopt het beslist niet bij die vrekken in zijn eigen dorp, die leven van de mest en die hard sparen om donkere winkeltjes te kopen met dooie strontvliegen in de etalage. Hij krijgt het van zee, waar ik van Venanzio moest kijken, dat heeft hij gezegd! Misschien heeft hij gelijk dat al het leed van zee komt.'

Lia huilt: 'Ik denk aan Vincenzo... Na iemands dood droog je je ogen en dan ga je weer eten, slapen en de rest... Wij hebben genoeg aan een zakdoek, maar hij...

20

Vanochtend voelt Efisio zich meester over de woorden: 'Het valt moeilijk te zeggen waarom Fois Caraffa is gestorven, meneer de rechter. Het is vooral moeilijk om dat tegen u te zeggen, die niet van hypotheses houdt. Ze hebben hem vastgebonden, zoveel is zeker, en ze hebben met geweld iets in zijn mond gepropt, misschien een buisje. We moeten op mijnheer Bertelli wachten om zeker te weten wat ze hem door zijn strot hebben gegoten.'

'Ja, edelachtbare,' beaamt Belasco. 'Dokter Marini heeft in mijn aanwezigheid een onder ede uit te voeren opdracht aan de apotheker verleend en hem een monster overhandigd van het vocht dat uit de mond van de overleden Fois Caraffa is genomen...'

Efisio valt hem in de rede: 'Het is speeksel, speeksel. Als Vincenzo Fois Caraffa namelijk met geweld gedwongen is een of ander gif te drinken, dan zal hij geprobeerd hebben het in zijn mond te houden en niet door te slikken, maar de arme man wist niet dat de mond ook alles opneemt en in de bloedbaan brengt, of het nou zoetigheid is of gif.'

Marchi kijkt geen van beiden aan: 'Waarom zouden ze hem hebben moeten dwingen om te drinken? En wat voor gif zou dat zijn?'

Belasco poetst zijn stem op: 'Omdat zijn opgezwollen lippen en een kapotte tand doen vermoeden dat er onder dwang iets in zijn mond is geduwd.'

Hij laat een stilte vallen, hij kent Marchi en weet dat hij tijd nodig heeft.

'En wat betreft die lippen komt daar nog bij, edelachtbare – dat heeft u in de verbalen van zowel de politie als de patholoog-anatoom dokter Marini kunnen lezen – die lippen glimlachten dus, al is dat moeilijk te geloven…'

'Glimlachten ze?' Marchi is verbaasd en denkt weer aan de geschreven woorden die blijven.

'Nou ja, u moet niet denken aan een echte lach, als van een levende.'

Efisio strijkt zijn lok weg: 'Het gaat hier om een vredige ontspanning, een verslapping, het tegenovergestelde van een grimas. Dat is een belangrijk detail. Ik ben het met majoor Belasco eens.'

Marchi verstrakt want hij meent de geur van belachelijkheid te ruiken: 'Een vermoorde man die glimlacht? En dat staat allemaal te lezen op het papier van het Gerecht des Konings, waarop het koninklijke wapen geloofwaardigheid aan het geschrevene verleent?'

Efisio staat op: 'Het koninklijke wapen zal door niemand belachelijk worden gemaakt, meneer de rechter.'

Om als magere, ongekamde jongeman de waardigheid van een patholoog-anatoom uit te stralen, heeft hij vandaag een zwart pak aangetrokken en een hoge, gesteven boord. Marchi heeft het opgemerkt, hij krijgt een nog papyrusachtiger kleur en luistert alsof Efisio door dat pak beter praat en geloofwaardiger is.

'Zodra dokter Mattia Bertelli klaar is met het door de buisjes van zijn alambiek gieten van de aanzienlijke hoeveelheid speeksel die Vincenzo Fois Caraffa nietsvermoedend in zijn bolle wangen had bewaard, denk ik dat we zekerheid hebben over wat ik u nu uit de doeken wil doen.

Ze hebben hem met een stok buiten westen geslagen – dat is te zien –, ze hebben hem vastgebonden en ze hebben met geweld een trechter of een buisje in zijn mond geduwd. Daar hebben ze zoveel van een bepaald spul ingegooid dat hij eraan stierf. Ze wilden het doen voorkomen alsof hij een beroerte had gehad, een dikke man die doodgaat. Maar, edelachtbare, de dood richt schade aan en een gewelddadige dood richt nog meer schade aan... en laat sporen na. Natuurlijk zijn overledenen altijd droevig, maar mensen die vermoord zijn, zijn nog droeviger en die droefheid staat meestal op hun gezicht te lezen.

Maar in het huis van Fois Caraffa was daar geen spoor van te vinden en de dode had een ontspannen mond, zodat je zelfs zo'n vrolijk kuiltje in zijn linkerwang zag dat levende mensen hebben die blij zijn dat ze leven.

Als een patiënt van mij naar de open zee dreigt te worden meegetrokken omdat de zee te hoog is en de golven te woest, dan geef ik een dosis laudanum waardoor alle angst verdwijnt en in een droom verandert, zodat hij onbevreesd de eeuwigheid aanschouwt... soms wel een hele ampul. Je krijgt er een beetje jeuk van, dat is waar, maar u zou ze moeten zien, edelachtbare. Als de vitale functies, gehoorgevend aan god weet welk signaal, stilletjes afnemen en dan stoppen, en alles stopt, dan is die zieke in het niets aangekomen: niet met zijn ogen en mond opengesperd van angst, maar met een glimlach, want hij heeft gezien en begrepen, maar zijn geest is niet verschrikt.'

Marchi heeft dit verhaal aangehoord met zijn handpalmen omhoog, om aan te geven dat het genoeg is. Maar zijn juridische huid is van kleur veranderd en nu is een spoortje bloed zichtbaar dat onder zijn wangen circuleert.

'Wilt u beweren, dokter Marini, dat Fois Caraffa met laudanum is vermoord? Vermoord en vredig. Wilt u dat beweren?'

'Ze hebben hem flinke slokken laten nemen, edelachtbare! En Fois Caraffa heeft geprobeerd om er iets van in zijn mond te houden.'

'Bent u het daarmee eens, majoor Belasco? U hebt ook woorden geschreven die blijven, denk daaraan, ze blijven geschreven en dienen met feiten te worden gestaafd.'

Marchi, stoffige sta-in-de-weg voor de toekomst, wil net aan een vertragende bespiegeling beginnen als de bode op de deur klopt en apotheker Bertelli aankondigt. De farmaceutische rups kruipt door de kamer tot hij bij de rechter is en deponeert, na zich te hebben samengetrokken in een harige buiging, een velletje papier voor diens neus.

'Alstublieft, edelachtbare. Ik heb een paar eenvoudige onderzoeken gedaan en een paar proefjes op zwarte ratten die ik daar speciaal voor heb.'

Onder aan het voor de helft aangevreten vel papier, beschreven met zwierige letters, staat het woord laudanum in dubbelgrote letters, neergepend met een bibberigheid die op de handen van Marchi overslaat. Hij leest: 'De dosis die uit de wangen en de maag van Fois Caraffa is gehaald, is gelijk aan vijf keer de dodelijke dosis. Dat betekent dat er in het lichaam van de overledene al zo veel druppels van het laudanumtinctuur aanwezig moesten zijn dat hij in het zoete coma raakte waarin hij weggezakt moet zijn als ware hij teruggezogen in de duisternis…' Die rups schrijft ook al als een dichter, denkt de rechter, hij ook al.

Laudanum, opium, gif en zonde. Hij heeft er altijd over horen praten. Decadentie: dingen en gewoonten. De hele stad die geroosterde zeebrasems en goudbrasems langzaam aan vervangt door lange pijpen, ook tijdens het wandelen, in het café, in de haven, in de schouwburg en op al die plaatsen waar mensen bijeenkomen om elkaar gezelschap te houden. Maar wat nou gezelschap! Die laudanum maakt een heremiet van je, je hebt de anderen niet meer nodig. Dus niks uitwisselingen, niks gemeenteraad, niks schouwburg, niks Grand Café, iedereen zit in zijn eentje thuis weg te zweven tot de dag dat ze zich, moe van het opium roken en geurige bloemen eten, met een krans van mirtetakken om hun nek van de rotsen in zee werpen. En zo zal dit ras aan zijn eind komen.

Belasco merkt dat Marchi met zijn gedachten elders is: 'Dit is allemaal bij wet geregeld. Bij wet.'

Marchi geeft een klap op zijn bureau die klinkt als een klok: 'Giovanni Làconi is zich doodgeschrokken! Tea Làconi, Vincenzo Fois Caraffa zijn vermoord! We hebben niets aan kleine redenerinkjes, we hebben één alomvattende redenering nodig die alle feiten met elkaar verbindt en…'

Efisio kijkt naar de ineengeschrompelde apotheker, daarna naar Belasco en daarna naar de rechter: 'U hebt gelijk over die redenering, edelachtbare. Voor deze drie vermoorde mensen is misschien een enkele rechtszaak nodig en een enkele galg. Wij zien wat de ogen zien: weinig, heel weinig. Maar ons voorstellingsvermogen reikt veel verder.'

21

De graven op de Sant'Andrace-heuvel liggen diep in de rotsen en je bereikt ze via een onderaardse gang. De temperatuur is alle maanden van het jaar hetzelfde, net als de kleur en de door talgkaarsen vergeelde blik van de mensen die er wonen. In de graven komt de wind niet binnen, is het gekwetter van vogels niet te horen, noch het getik van de regen of het blaffen van honden, niets.

Vandaag is er een kind gestorven.

Mintonio is ook naar buiten gekomen om naar de teraardebestelling te kijken. Zijn mond staat open want hij is nog niet gewend aan het gewicht van zijn kunstgebit. Deze begrafenisstoet – waarmee, zo denken ze bij de graven, de bevrijding van het kind wordt gevierd – maakt hem niet droevig. Hij is eraan gewend en verder is de dood niet het ergste van alle kwaden. Het hangt er wel vanaf hoe je sterft, denkt hij. Tijdens zijn verblijf in de gevangenis stelde hij zich het schavot voor, de laatste pas naar het touw, de strop, het gezicht van de beul en dan donker, en hij had wat van de opium willen hebben die hij in de haven had weten te bemachtigen. De eerste keer dat ze het hem lieten roken, wist hij niet eens dat het opium was en elke gedachte was in een mooie gedachte veranderd en 's nachts, in zijn graf, had hij gedroomd dat hij boven de baai vloog en was hij de vuiligheid vergeten.

's Morgens pas had hij gemerkt dat er een stuk uit zijn ruitjeshemd ontbrak.

136

IIlJ probeert zijn gebit uit in de openlucht en het geluid van keramiek en ijzer bevalt hem. Hij kijkt naar de baai en besluit naar de haven te gaan, waar het moeilijk is om aalmoezen te krijgen, want bij de pieren scheldt iedereen hem uit, maar er zijn wel heel veel mensen. Om de weinige christenen op de kades barmhartiger te stemmen, besluit hij om niet de prut uit zijn zieke ogen te wrijven.

Hij neemt het pad naar Stampaccio, bereikt de hoofdstraat, loopt verder tot de beboomde laan en ter hoogte van de markt begint hij zijn hand in een schuitje op te houden. Hij heeft er vaak aan gedacht om een schoteltje te gebruiken, maar een schoteltje is al rijkdom, terwijl een hand, een hand en verder niets, die hebben zelfs de heuvelbewoners.

Hij steekt, nog steeds met opgehouden hand, de Via San Francesco over en komt bij de grootste pier.

De witte ezelkop van kapitein Luxòro springt eruit tussen al die donkere gezichten in de haven. Hij zit voor een toonbank buiten waar brood met sardines wordt geserveerd. Het is warm, iedereen is halfnaakt en voert weinig uit.

Mintonio komt met opgehouden hand voor de zeeman staan.

'Maria, ik kom uit dit stinkhol en ik trouw met je. Ik wil al die met stront overladen koppen weleens zien, want dat ga ik doen: ze met stront overladen. Ik ben treurig, ik ben vermagerd, ik slaap niet meer maar ik kom hier uit want ik heb niets gedaan. Ik breng opium naar de stad... Dat hebben ze ontdekt, en wat dan nog? Vandaag voel ik me sterk, Maria.'

Maria heeft hem nog niet verteld dat Hana is gestorven na het roken van de beste opium die hij, Perseo, speciaal voor haar uitzocht. Zolang hij nog in de toren zit, gaat ze het hem niet vertellen, heeft ze besloten.

'Hier, zonder licht, verpietert je huid, Maria... Kijk, ze laten er net genoeg van binnen om elkaar te herkennen...

Maar ik ruik je geur en die blijft de hele dag in mijn neus. Ik wil vluchten... Laten we ervandoor gaan...'

De boot van Domenico Zonza, de visser, is vandaag teruggekeerd. Hij was drie dagen weg. Sinds hij de arm van advocaat Làconi terug heeft gebracht, zegt iedereen dat hij een moedig man is.

Domenico is uitgemergeld want als hij op zee is, eet hij alleen gedroogd fruit en koek. In de schaduw van het zeil zoekt hij beschutting tegen de zuidelijke zon. En 's nachts slaapt hij weinig, ademt hij beter, neemt zo veel koelte in zich op als hij kan, houdt haar vast en staat haar overdag weer af.

Op de derde dag heeft hij veel vis gevangen en heeft hij besloten terug te varen.

Hij heeft zich thuis met zoet water en zeep gewassen, zijn vrouw heeft hem ingewreven met olie, en daarna heeft hij de vis naar de markt in de Via Dritta gebracht.

De markt.

Om deze tijd – die de mensen hier, zonder het uur aan te geven, de geschikte tijd noemen omdat de zon nog niet te sterk is – lopen vrouwen van alle soorten en maten door elkaar heen en wordt het de meest openbare plek van de stad: hun verschillen en gescheiden levens vallen hier het minst op.

Matilde Mausèli is op zoek naar kreeft. Maria He 'Ftha wil zeekat. Giacinta Làconi weet niet wat ze wil.

Carmina is er ook. Ze bekijkt de ogen van een dikke, glimmende harder. Efisio heeft haar geleerd dat je, net als bij mensen, ook bij vissen kunt vaststellen wanneer ze zijn doodgegaan. Als een dode nog maar kort dood is, spiegelen, glanzen en glinsteren zijn ogen net als die van een levende. De beelden gaan er recht doorheen, ook als ze vervolgens nergens terechtkomen. Bij vissen is dat net zo. Carmina komt dichterbij om beter te zien, die harder heeft een melkachtige weerschijn in zijn oog, teken van een niet bepaald recent ver-

138

scheiden, en hij is plat. Dus zoekt ze een andere kraam, waar ze Matilde tegenkomt die uit de geur probeert op te maken wanneer de kreeften zijn doodgegaan. Als door een magneet aangetrokken, zijn ze alle vier tegelijk bij Domenico Zonza en ze groeten elkaar volgens een strak schema en een complexe hiërarchie. Matilde groet Carmina, die teruggroet maar niet glimlacht en een lichte buiging maakt naar Giacinta, die haar beantwoordt en zich, opeens blozend, naar Maria wendt en zich vervolgens met een melancholieke blik vastklampt aan Matilde, die Carmina niet wil aankijken.

Domenico buigt zich, met een stuk oud papier op zijn uitgestrekte hand, over zijn kraam en wacht.

'Vier harders,' zegt Carmina als eerste.

'Een pond kreeft,' zegt Matilde terwijl ze de visser aankijkt.

Een kilo grondel voor Giacinta.

Een kabeljauw voor Maria.

Carmina overhandigt het pakje aan haar dienstmeid en verdwijnt in de menigte. Matilde loopt weg.

Giacinta en Maria blijven alleen achter en de oude Marcellina pakt de kabeljauw en stopt hem in haar rieten mand.

'Giacinta Làconi, ik moet met je praten.'

'Ik ook, Maria He 'Ftha. Ik moet met je praten en ik wil ook graag van je houden. Mijn oma is een ouwe taaie, zo'n taaie dat ze zelfs de tijd in de maling neemt. Ze verslijt de stenen van haar huis, maar zelf verslijt ze niet.'

'Ze is een moedige vrouw, hè? Ik weet dat ze mij niet wil. Ze gelooft niet dat er in mijn bloed voldoende bloed van haar zoon zit. Mijn vader Giovanni heeft maar een paar keer in zijn leven met me gesproken, en hij zette niet eens de tas die hij onder zijn arm had neer. Maar elke keer dat hij er weer vandoor ging, zei hij dat hij van me hield, en hij heeft mijn moeder Hana altijd geholpen, dat weet je, Giacinta.'

Giacinta heeft die uitgebluste blik waar Mamùsa van houdt

en die zijn meest verborgen lusten oproept.

'Maria, pappa had laten vastleggen dat je moeder een toelage kreeg en nu wil oma niet dat die toelage naar jou gaat. Zijn wil is bindend voor de erfenis, want onze,' ze zegt *onze*, 'vader hield van je... Voor hem was zijn moeder zoiets als het Gerecht des Konings, een levend wetboek, een tafel der wet. Volgens haar ben ik zwak en willoos, en dat klopt ook wel... Ik heb een zus nodig, ik wil praten, praten en nog eens praten. En met de hulp van advocaat Mamùsa en die van jou, zal ik ervoor zorgen dat ik je zuster word... Oma zal proberen me te overreden omdat ze tot nu toe alles van me gedaan kregen wat ze wilden... maar ik wil niet meer eenzaam zijn, ik wil mijn zus.'

Domenico Zonza kijkt vanuit de verte naar Giacinta en denkt aan de grauwe, harige arm van advocaat Làconi die hij op de bodem van zijn boot heeft gevonden en aan de man die hij tussen de stenen van het vervallen huis op de pier heeft zien rondspringen. Tijdens zijn nachten op de boot verschijnt die arm in zijn dromen en het is het afschuwelijkste wat hij ooit heeft meegemaakt. Maar het meest is hij geschrokken van de man die tussen de stenen wegvluchtte. Hij zag ook de valse schittering van het lemmet. Over die man en het mes heeft hij aan opperwachtmeester Testa niets verteld. Hij zag hem trouwens op de rug, en van ver. Wat had hij kunnen verklaren? Bovendien zei iedereen inmiddels dat de angst de advocaat had gedood.

22

Basilio Penna heeft zich de fysionomie aangemeten van een sluwe man met een spitse sik die naar zijn gesprekspartner wijst, ogen zo klein als kikkererwten, trage en hoekige bewegingen alsof hij zich altijd en eeuwig in een nauwe, glibberige ruimte moet wringen. Hij vertegenwoordigt de orde van advocaten in de stad en tegenover de indrukwekkende juridische gestalte van Marchi lijkt hij een knaagdier dat altijd iets van de rechtspraak probeert af te knagen.

'Edelachtbare, in mijn kwaliteit van voorzitter van de orde van advocaten…'

Marchi is van papier-maché: 'Kwaliteit?'

Penna is aan het knagen geslagen: 'Ik ben hier in mijn kwaliteit van voorzitter van de orde van advocaten om mijn beklag te doen, niet zomaar, maar op grond van juridische argumenten, en tegelijkertijd om te klagen als gewone burger die in een kelder woont of in een visserswoning.'

Het papier-maché van Marchi is niet zo sterk als hij zou willen.

Penna gaat verder: 'Er is een zaak, een intrige, een louche handel, ik zou haast willen zeggen een gif dat zich over de stad verspreidt. U, meneer de rechter, heeft aan het licht gebracht dat er hier wordt gehandeld in een middel dat de natuur aan de mensen geschonken heeft om hun verdriet te verlichten. We hebben de laatste dagen zelfs uit de pers vernomen dat de slaapbol ook in een dorp in de laagvlakte wordt geteeld, maar de grond is daar zo droog en de bloemen zijn zo klein dat er niet veel is uitgekomen, bijna niets... Hier groeit de vijgcactus goed, het waait te hard voor de papaver. Dus vandaar de schepen en de handel met landen waar de papaver welig tiert.'

Marchi zet zijn vingertoppen tegen elkaar en valt de pratende sik van Penna niet in de rede.

'En meteen duikt, naast de opium die circuleert, ook de misdaad op, tot moord aan toe. De orde van advocaten vraagt u dus, edelachtbare, mede voor de nagedachtenis van een van zijn leden, Giovanni Làconi, maar vooral uit bezorgdheid over het algemeen belang – want het is louter toeval dat een van de slachtoffers een collega is – wat het Gerecht des Konings van plan is te doen om dit betreurenswaardige verband tussen het poeder van de papaver en de moorden in de stad te doorbreken. Moeten we tolereren dat ze doorgaan en dat de rust uit onze vredelievende gemeenschap wordt verbannen? Moeten we ons civiele partij stellen?'

Marchi staat op en loopt met lange passen en zijn armen over elkaar op en neer. Hij is bezig de dingen die hij denkt te scheiden in dingen die hij wel en die hij niet kan zeggen. Hij kan er advocaat Penna moeilijk op wijzen dat zijn lichaam, dat gemaakt is om in spleten binnen te dringen – ook in de meest verborgene – bekendstaat als een lichaam dat een aantal van zijn vijf zintuigen overmatig gebruikt, zeg maar rustig ontaard is. Hij kan hem moeilijk wijzen op hoeren en jonge meisjes die uit de bergdorpen kwamen, schoongeboend met zeep en besprenkeld met reukwater. Hij kan nog zo veel meer niet zeggen tegen Basilio Penna, die met zijn sik in de lucht zit te wachten. Voor Marchi hebben gedachten gewicht en ze bewegen zich traag over de wegen van zijn brein, die in niets lijken op de donkere, kronkelige steegjes in het hoofd van de advocaat.

Dan blijft hij staan en begint als volgt: 'In rotsspleten kruipen muizen en mensen die iets te verbergen hebben. Een echte rotsspleet is donker en daarom ook niet goed zichtbaar voor de ogen van de mensen en hen die, in naam van het Gerecht des Konings, sporen en bewijzen zoeken. Een moeilijk karwei. Er zijn drie burgers vermoord en er is een Tunesische vrouw overleden, het arme mens, gedood door een overdosis opium die ze zichzelf toediende.

U weet net zo goed als ik dat er geen wetten tegen het verhandelen van papaverpoeder bestaan en dat Perseo Marciàlis binnenkort, zodra het uitvoerige en strenge verhoor is beëindigd, de toren kan verlaten omdat uit het onderzoek niets naar voren is gekomen wat erop wijst dat hij schuldig is aan de moord. Hij kan niet, omdat hij opium laadt en lost, in 's konings kerkers blijven. Daaruit volgt, advocaat Penna, dat datgene wat het ijzeren staketsel van een onderzoek moet zijn, dus de feiten op papier waarop ze in de archieven bewaard blijven, dat wij dat staketsel niet hebben. Papier is het geheugen van justitie en wij schrijven geen fantasieën op om de gemeenteraad of de orde van advocaten te plezieren. Zodra wij onbetwistbare aanwijzingen hebben – en die zullen we krijgen – ten aanzien van de drie moorden, of een van de drie, dan, waarde Penna, dan zal de rechtspleging zich ontfermen over de vraag wie advocaat Làconi, zijn vrouw Tea en Vincenzo Fois Caraffa heeft vermoord. Wat betreft uw voornemen om u civiele partij te stellen: dat zie ik niet als een bedreiging, maar als een recht van de groep uitnemende burgers die u vertegenwoordigt.'

Marchi bewoog zich niet tijdens het spreken en deze onbeweeglijkheid die geen repliek verwacht, heeft advocaat Penna enigszins geïntimideerd; hij is immers gewend tussen de feiten en bewijzen door te manoeuvreren en geoefend in het geven van uiteenzettingen als lange vissnoeren waar honderden zijsnoeren met vishaakjes aan vastzitten. Daarom staat hij op, pakt zijn zwarte tas, knoopt zijn zwarte jasje dicht, buigt en glipt door de half openstaande deur naar buiten (een wijd openstaande deur is veel te expliciet voor hem).

Hij loopt langs de muur door de gang en bereikt, zijn sik op scherp, een groep andere mannen met zwarte tas en zwart jasje waarin hij infiltreert om te discussiëren zoals hij dat zo goed kan.

Hij is een uur voor de afspraak te paard gearriveerd, in de schaduw gaan zitten, op de dennennaalden, hij snuift de harsgeur op en begint in een schriftje te schrijven. Hij schrijft gedichten, Efisio. Hij zoek vandaag rijmwoorden op 'leugen' en in zijn rijmwoordenboek, dat hij in zijn zak heeft, heeft hij er een paar gevonden. Terwijl hij op Matilde wacht heeft de betovering van de leugen die de feiten bij elkaar houdt – die anders niet overeind zouden blijven – hem geëmotioneerd en zijn handpalmen jeuken. Maar er komen geen dichtregels uit zijn pen want, bedenkt hij, er bestaan geen leugenachtige dichters. Zijn vader heeft gelijk: inspiratie komt niet op bestelling.

Het gaat niet om een enkele leugen, maar om een samenhangende reeks onwaarheden. Een cynische en blije constructie, net als Efisio's geest die vandaag zijn middelpuntzoekende beweging heeft afgemaakt om uit te komen bij Matilde die, leugenachtig als ook zij is, nooit is weggeweest uit het middelpunt, licht gaf als een vuurtoren en gewoon is blijven wachten. Salvatore zei het al toen ze nog kinderen waren: 'De duivel springt op onze kar en we merken het pas als we aangekomen zijn.' Wat nou duivel... deze dingen komen juist uit onschuld voort en je komt op de wereld om je te voelen zoals hij zich nu voelt. Dat is natuurlijk. Bijna negen jaar met Carmina en de laatste in stilte. Maar hij duwt Carmina meteen weer weg, haar en haar wrevelige zwijgen.

Tussen de pijnbomen ziet hij de oranje gloed van Matilde. Het lijkt wel of hij mint ruikt. Hij stopt het schriftje weg en vergeet nalatigheden en leugens.

Vandaag hebben ze Perseo Marciàlis vrijgelaten, vermagerd, een beetje buiten adem, maar zijn rode golven in het gelid.

Vanavond kan hij onder het eten vanuit zijn eigen huis naar de lampjes van de vissers op het moeras kijken en wachten tot het tijd is om op de deur van Maria He 'Ftha te kloppen. Maar hij mompelt voortdurend: 'Mijn leven heeft een andere kleur gekregen...' en hij probeert erachter te komen welke kleur het heeft gekregen.

Marcellina dekt de tafel en hij zit in zijn luie stoel, luistert en observeert alles, het tafelkleed, de kristallen glazen. Dan gaat hij bij het raam staan, kijkt naar de lucht, maar hij wordt niet rustig.

Het lijkt wel of de hongerige zonsondergang vandaag alles wil verslinden, moerassen en bergen. Een vlucht eenden is gek van angst geworden, ze vliegen het rood in en verdwijnen. Het lijkt wel of zelfs de wolken voortjagen om zich te laten verorberen, en deze chaos in de lucht maakt hem nog banger: het raakt zijn vlees. Misschien worden hij en Maria ook wel opgeslorpt.

Hij sluit de ramen, trekt de gordijnen dicht en loopt de kamer in.

'Marcellina, vannacht wordt er niet geslapen. Roep Maria.'

23

Net als Michela Làconi gaat ook monseigneur Alfio Migòni zuinig om met zijn lichaam, maar op een andere manier, een die meer aan opsparen doet denken dan aan besparen. Hij is de vlezige thesaurier van het hoofdstedelijk kapittel en heeft vanaf zijn jonge jaren – naast alles wat hij bewaart – ook al zijn preken bewaard. Hij is tachtig jaar en heeft vijfhonderd preken van elk een pagina lang, al kunnen ze in vijftig pagina's worden samengevat. Zo gaan de parochianen die de prekencycli van de eerwaarde Migòni hebben bijgewoond, als het hun tijd is, met weinig godsdienstige beginselen die er echter goed in gehamerd zijn, naar de andere wereld.

Een van de ideeën die, met het ritme van de equinoxen en de zonnewendes, steeds weer bij de monseigneur opkomen, is om Michela van de duisternis te redden, omdat de barmhartigheid en de plichten van de thesaurie dat vereisen. Nu de oude vrouw de dood van haar zoon – in de nabije kathedraal is er lang over gesproken – heeft meegemaakt en te boven is gekomen, om nog te zwijgen over die van haar schoondochter, een veel lichtere dood, als je de doden een gewicht kunt geven, kloppen don Migòni en twee roetige, al behaarde misdienaren op de deur van huize Làconi.

De oude vrouw wacht in de schemerdonkere salon en de priester is blij met deze koelte na de wandeling in de zon.

Op het bijzettafeltje bij de fauteuil waar de priester zit, staan een glas citroenlimonade en een glas water uit de put. Migòni heeft het gevoel dat dit een valstrik is en dat hij, als blijk van zijn matigheid, voor het water moet kiezen en niet voor het gezoete citroensap.

'Drink, eerwaarde, het water en het citroensap zijn beide voor u. Ik heb er geen nieuw, versterkend poedertje in gedaan dat mij door een arts is voorgeschreven, want ik denk niet dat u versterking nodig hebt.'

'Een poeder die wat versterkt? Niet alle artsen handelen volgens de natuurlijke ethiek. Maar als het een poeder is die versterkend is voor het lichaam maar de geest en de ziel niet aantast, dan is het goed. Ik heb er ook wel belangstelling voor, en als uw arts het goed vindt, kan ik me laten onderzoeken...'

'Dat hoeft niet, don Migòni, het is voor iedereen goed, kijkt u maar naar mij. Ik doe het u wel een keer cadeau. Maar drinkt u nu maar, uw polsen hebben evenveel plooien als de polsen van een baby, het grote glas dat ik voor u heb uitgekozen is echt iets voor u, drinkt u toch.'

Sinds enkele jaren wordt Michela alles wat ze zegt vergeven. Een vrijbrief op grond van haar leeftijd en vooral van haar uiterst spaarzame benadering van het leven, waar geen priester in de stad iets zinnigs tegenin kon brengen. Daarom probeert Migòni het met de angst die in enkele van zijn spreekwoordelijke preken is vervat.

Hij bedekt zijn polsen, maakt zijn boord wat wijder, kijkt omhoog, en kiest dan toch voor de citroenlimonade. Michela had dat voorzien.

'Weet u dat de joden uit het getto twee schemeringen onderscheiden? De schemering van de duif, de ochtendschemering, en de schemering van de kraai, de avondschemering. Vandaag waren er veel oude mensen in de kerk en ik heb ze goed bekeken. Ze waren gerimpeld en gebogen, maar sereen. Ze hebben met mij "Heer, verlos ons van het duister" gezongen en zijn daarna schuifelend als oude mensen naar huis gegaan, de schemering van de kraai tegemoet. Zij weten niet waarom de wind waait, maar ze weten wel dat hij waait zoals hij zelf wil; ze weten niet waarom ze elke dag moeten wegzinken in het donker van de nacht en slapen, maar ze hebben alle kleine mysteries die we elke dag weer zien, aanvaard omdat ze van kinds af aan door het grote mysterie zijn aangeraakt. Begrijpt u, donna Michela?'

Hij neemt nog een slok citroenlimonade en vervolgt, met zijn handen op zijn buik: 'Zomers geeft het weer ons een idee hoeveel licht ons in de eeuwigheid ten deel zal vallen, de zon blijft 's avonds lang talmen en het duister houdt al weer snel op rond ons bed te sluipen omdat de dageraad zich al vroeg aandient. Even is alles volmaakt. Stel u voor dat er al tachtig uur niemand in de stad is ontslapen in de Heer; dat komt, denk ik, omdat ons zo'n lichtende genade is gegeven dat zelfs het duister dat ons voor onze geboorte omringde even is verjaagd. Wie niet aan het mysterie denkt...'

Michela voelt een kracht in haar leden die, ze is er zeker van, mede door Efisio's verhardende poeders komt, en aangezien ze heeft geleerd om haar bloed daarheen te sturen waar ze het het meest nodig heeft – naar haar darmen als ze eet en naar haar hoofd als ze denkt – wacht ze een paar tellen tot haar hersenen bevoorraad worden en valt dan de eerwaarde in de rede.

'Don Migòni, sinds ik een jonge juffrouw was, met het personeel van een jonge juffrouw en alles wat erbij komt kijken, geloof ik één ding. Ik ben de ruimte die ik inneem. En de ruimte past zich aan mij aan. In de ruimte bevindt zich, verdeeld over verschillende vormen, de energie die mij rechtop houdt, die maakt dat ik goed kan ademen zonder te hoesten, mij van water voorziet en van een beetje vaste materie. Diezelfde energie – u voelt die ook, dat zie je – doet de courgettes groeien die ik elke dag eet en maakt het paard vet voor mijn zondagse biefstukje. Ik weet niets van het duister en wil er ook niets van weten. Als ik mijn ogen sluit om te slapen, zie ik het donker en het beangstigt mij niet. Als ik mijn ogen voor eeuwig zal sluiten, zal ik voorgoed het donker zien, maar ik zal de dingen die nodig zijn om huize Làconi te laten voortbestaan, opzij hebben gelegd en behoed voor wie er zich meester van wil maken. Laat het duister maar rond mijn bed sluipen, wat gebeurt er hier niet in het duister? Onze spullen zijn belangrijker dan wijzelf, want ze blijven langer goed. En ik ook, don Migòni, ik zal heel lang goed blijven... niet zo lang als de beelden van Efisio Marini, maar goed blijven zal ik.'

De priester heeft de citroenlimonade op en drinkt nu het wonderwater – zoals iedereen zegt – uit Michela's waterput. Hij hervat zijn preek: 'Het siert u dat u de angst en ontzetting van de mensen niet voelt, maar pas op! Het zou hoogmoed kunnen zijn!'

'Vindt u mij hoogmoedig? Ik leef als een vogeltje in een kooitje, ik masseer mijn slapen om een enkele gedachte uit mijn mond te laten komen. Ik beheer, ik steel niet, ik bewaar...'

Bij de woorden 'ik bewaar' verschijnt er een zilverige schittering in de ogen van de priester, een flits van hebzucht, die Michela ziet en herkent. En om hem niet direct zijn hoop te ontnemen, zegt ze, nadat ze uit alle macht haar slapen heeft gewreven: 'Don Migòni, ik weet wat ik wil. Een witte, marmeren plaat dicht bij een wijwatervat, een medaillon met het profiel van mijn zoon Giovanni en een opschrift dat ik al in mijn hoofd heb, zouden de duisternis verdrijven die 's nachts ook om mij heen sluipt, en het kapittel zou een passende beloning krijgen. Stelt u zich voor, een schenking op uw naam, en u zult een blijvende plaats innemen in de geschiedenis van de kathedraal. Bovendien – en ook dat is voor u een kleinigheid – zou u moeten verklaren dat Michela Làconi niet alleen heel genereus is, maar ook verschoond wordt van de plicht om de mis bij te wonen, lijkzangen aan te horen en doodsbezweringen te zingen, omdat ze zich op eigen kracht tegen de dood verweert.'

Michela huivert, ze krimpt een beetje, haar blik wordt wazig, haar kaak valt naar beneden en ze slaapt.

Migòni vertrekt met een licht, blij gevoel dat hij niet kan thuisbrengen.

Als er, zoals vanavond, geen wind staat, zijn de stemmen van de vissers tot in de stad te horen en is het water rimpelloos. De vissersboten glijden door het water terwijl harders, schildpadden en kreeften, versuft door al die onbeweeglijkheid en door de volle maan, die ze meer verblindt dan de miezerige vlammetjes in de lampen van de vissers, in de netten belanden.

Perseo en Maria He 'Ftha zitten met de armen om elkaar heen op de bank voor het open raam en liefkozen elkaar. Zij strijkt met haar hand over Perseo's golvende haren zoals ze zou doen als hij in zijn kist lag.

'Je eet elke dag rode biefstuk tot je weer net zo bent als eerst. Je praat niet meer met Luxòro. Je praat niet meer met die man van de grafheuvel. Je praat niet meer met Fabio Cancello en je gaat niet meer naar zijn restaurant. Jij bestaat niet meer voor hen, en de opium die nu in Bizerte is, die verkoop je in Bizerte.'

Perseo snuift haar geur op tot hij naar adem snakt en hij raakt heel licht haar donkere, dunne armen aan: 'Ik ben niet door de opium in de gevangenis gekomen, Maria. Voor opium ga je niet naar de gevangenis, dat weet je. Ze verdachten me ervan dat ik advocaat Làconi had vermoord omdat ik hem haatte. En nu hij dood is en ze hem een beeld hebben laten worden, haat ik hem nog meer. Als ze me nu, op dit moment, een slaghamer gaven, dan sloeg ik hem zonder wroeging aan stukken, en niemand zou hem nog herkennen.'

Hij concentreert zich weer op de vreedzame avond en houdt niet meer op Maria te strelen.

Zij heeft begrepen dat Perseo in deze hele geschiedenis een heel bittere pil heeft moeten slikken, veel bitterder dan de gloeiend hete cel waar hij de helft van zijn gewicht is kwijtgeraakt.

'Giacinta Làconi haat ik niet. Haar valt in wezen niets te verwijten. Maar als haar vader ook aan jou een toelage had nagelaten, dan had ik misschien anders over hem gedacht, Maria... Maar nee, ook nu hij dood is, doet hij nog kwaad. Je bent zijn dochter toch, of niet soms?'

Maria glimlacht en doet haar witte bloes uit: 'Donna Michela is degene die me niet wil... Ze zegt dat ik geen bloed van haar zoon heb... Ze zegt dat het erger was voor mijn moeder, maar ook haar eigen schuld, ze heeft het zelf gedaan... Ze zegt dat mijn moeder getrouwd was met een man hier ver vandaan, van een ander ras en met een andere godsdienst...'

Perseo omhelst haar en het voelt alsof de stralen van de maan haar hebben opgewarmd: 'We hebben het geld van die mensen niet nodig, Maria. Michela is een wrede oude vrouw en wat stellen die paar druppels water die ze in haar aderen heeft nou voor in vergelijking met jouw mooie, rode bloed. In maart van het komende jaar gaan we trouwen en misschien gaan we dan wel in jouw stad wonen. Als jij genegenheid voelt voor Giacinta en zij jou ook mag, dan kunnen jullie elkaar opzoeken, praten, ze kan hier in dit huis komen wanneer ze maar wil.'

Heel Maria's huid is voor hem. Hij herinnert zich opeens dat er vanuit zijn cel geen streepje lucht te zien was, terwijl de enorme maan zijn ogen nu vult met licht en schaamteloze tranen.

De angst rust uit.

Elk feit heeft een gevolg gehad. Belasco heeft een spoor gevonden, maar de draad is tussen zijn handen afgebroken en zijn rug is wat krommer geworden. Efisio heeft terecht verondersteld dat het om een kluwen gaat en niet om een enkele draad, maar zijn ideeën slaan langzaam neer en zijn oog is vaak vertroebeld door Matildes schijnsel.

De angst rust uit en denkt na.

Giacinta blijft zich bewust van haar vleselijkheid. Als kind was ze al zo. Haar vleselijke geheugen was het eerste wat zich ten volle ontwikkelde. Giacinta's bewustzijn van haar lichaam is zo sterk dat de mannen, nu ze drieëndertig is, het merken, het ruiken als ze voorbijkomt, al zegt niemand dat Giacinta mooi is. Daarom bezwijmt ze als Mamùsa haar plet. Maar datzelfde overgevoelige vlees drijft haar elke ochtend naar Maria He 'Ftha om uit te zoeken wat ze met haar gemeen heeft, en ze kijkt uren naar haar.

Michela – die aan het vlees denkt als een product dat te vervolmaken is tot het de geometrische orde van de kosmos evenaart – heeft de steen voor haar zoon Giovanni besteld, ze heeft de leveringsdatum afgesproken, een besluit genomen over het opschrift, en na tien dagen is ze zonder een kruis te slaan de kathedraal binnengelopen om aanwezig te zijn bij het leggen van de marmeren plaat en om de schenking aan het kapittel te regelen. Daarna is ze naar huis gegaan om, ver van het leven en op een laag pitje, courgettes te eten en druppels water uit de waterput te drinken.

24

Op een ochtend in september, na een nacht van milde doods-strijd, zonder schokken en na vele nutteloze aderlatingen, sterft het dikke lijf van don Migòni. Een grootse begrafenis. Efisio helpt als ze Migòni in een lange, ranke kist persen. Hij tuurt naar de lucht en ziet nog steeds enorme wolken. Hij kijkt er een tijdje naar en opnieuw meent hij dat het grote opiumwolken zijn, een rookpartij die de stad verdooft.

Elke dag, 's avonds, schieten Efisio's gedachten heen en weer, ook doordat de dagen nu rustig zijn en de luchten na al dat geweld getemd, wat hem passief maakt en lusteloos. Telkens als hij terugdenkt aan alles wat onmogelijk is met de stralende Matilde, denkt hij ook aan de vergeten momenten met Carmina.

Zijn lok hangt troosteloos naar beneden. Af en toe wipt hij blij op, in reactie op een emotie, maar dan valt hij weer terug omdat hij onzeker wordt van al die ideeën die door zijn hoofd tollen.

Vanochtend zit hij in de wachtkamer van het kapittel en wacht op don Armandino, de aalmoezenier van de kathe-draal, secretaris van de overleden geestelijke.

'Ja, dokter Marini, ik ben bij het sterfbed van pater Migòni geweest en heb hem gezalfd. Ik heb hem het laatste oliesel gegeven… Maar hij leek al zo gelukzalig dat het misschien niet eens nodig was. Een volmaakte man.'

'Volmaakt?'

'Ja, in de zin dat hij misschien al in een staat van genade was en mijn olie overbodig was. Misschien…'

Iedereen in de buurt noemt hem De Kreun en dat weet don Armandino, dus doet hij zijn best om niet te zuchten en houdt hij zich flink: 'Maar ik zei misschien, let wel, misschien was hij al in een staat van genade… ik weet het niet zeker.'

Efisio veegt een blonde schittering van zijn voorhoofd: het is Matilde die door zijn hoofd spookt. Maar nu voelt hij de prikkeling van de concentratie.

'Don Armandino, u vertelt me net dat monseigneur Migòni misschien in een staat van genade verkeerde toen hij overging of misschien niet. Welaan, ik leen uw "misschien" en vraag u: wilt u me misschien iets vertellen? Is dat het?'

Armandino strengelt zijn vingers ineen en zijn stem wordt een fluisterend briesje: 'Ja, dokter Marini. Ik weet dat u het vertrouwen geniet van donna Michela Làconi en haar kleindochter Giacinta, die af en toe bij don Migòni te biecht ging.'

'Ging donna Michela ook te biecht?'

'Nee, voorzover ik me kan herinneren is ze nooit in de kerk geweest, behalve om instructies te geven voor de vervaardiging van de mooie grafsteen van haar zoon, echt een mooie steen met het profiel van de advocaat erop maar ietsje mooier gemaakt. Hoe het ook zij, ik hoop dat mevrouw verandert met de ouderdom. Maar daarover wilde ik het niet met u hebben.'

Hij ontstrengelt zijn vingers, legt zijn handen tegen elkaar en zet een zware stem op: 'Don Migòni is de hele nacht rustig geweest, hij heeft geen woord gezegd, hij ademde kalm en steeds zwakker, ondanks de strofantine die professor Falconi hem gaf…'

'Heeft hij strofantine gekregen en heeft hij daar helemaal niet op gereageerd?'

'Nee, helemaal niet. Vlak voordat het licht werd, toen ik

zijn zweet droogde en hem krabde om hem van zijn verschrikkelijke jeuk af te helpen, deed de geestelijke zijn ogen en mond open…'

De Kreun ademt uit: '… en zei hij: "Geen absolutie voor wie een leven neemt… het glas, de kelk van de duivel." Kijk, dokter, hier, ik heb het meteen opgeschreven om het niet te vergeten.'

Krachtig als een chemische reactie vlamt er een idee op in Efisio's hoofd, het voelt als een brandend zout dat zich eindelijk door menging met de juiste stoffen heeft gevormd: 'Don Armandino, kwam er weleens iemand van de heuvel in de kerk?'

'U weet dat zij niet naar ons toe komen. Wij gaan als missionarissen naar de graven toe. Ze kijken ons met van die holle ogen aan en krijgen het bruine brood dat de nonnen van Castello voor ze bakken. Don Migòni ging soms naar de heuvel en predikte in de openlucht…'

'Biechtte er weleens iemand bij hem?'

'Ja, meestal iemand die stervende was. Maar weinig, veel te weinig mensen van de heuvel gaan te biecht.'

De palm op de aarden wal voor de kerk buigt plotseling door. De twee gaan bij het raam staan en zien dat de baai rimpelt. De bergen en de kust veranderen van kleur. Rust en wolken verdwijnen uit de lucht. De noordenwind is driftig geworden en tilt Efisio's lok op, hij doet het raam dicht.

Don Armandino excuseert zich, hij moet naar het Palabanda-tehuis.

Op straat blijft Efisio staan en kijkt hoe hij zijn soutane vasthoudt en door de straffe, snelle wind omhoog de smalle straatjes van de wijk in wordt geblazen.

Efisio zet zijn paard vast en volgt het stoffige paadje op de Sant'Avendrace-heuvel, waar overal vertrapte bloemen van de agaven liggen. Een enkele bewoner is buiten. Luizeneieren en luizen, snot, inktblauwe kringen onder hun ogen, kinderen met grijs haar, alles is als vanouds op de heuvel.

Hij blijft achter een richel staan, beschut tegen de wind die nu woest tekeergaat en je de adem beneemt als je ertegenin loopt.

Hij geeft een munt aan een jonge dwerg: 'Ik wil Mintonio spreken, die met het gebit.'

Hij heeft een zweepje meegenomen om de honden weg te jagen, maar er zijn geen honden bij de graven want die lopen liever hijgend achter een meerkoet in het moeras aan die niet te vangen is: er valt hier niets voor ze te halen.

Er wonen hier zelfs geen honden. Hij mijmert over Matilde en hoe ze zichzelf verzorgt en denkt aan haar adem, mooi en licht, zonder haperingen.

Dan verschijnt Mintonio van achter de richel, met zijn armen die tot op de grond hangen.

'Niet bang zijn, Mintonio. Ik moet je alleen iets vragen. Ik ben...'

'Ik weet wie u bent, u bent die man die de doden versteent.'

De wind is aangewakkerd, hij stort zich als een razende de baai in en vanaf de heuvel zie je de bijna witte zee schuimen.

'Mintonio, ik weet wat voor problemen je hebt en ik weet ook dat je van je aalmoezen een gebit hebt gekocht.'

'Gisteren is de opperwachtmeester gekomen, die me sloeg in de gevangenis. Hij heeft me ook vragen gesteld, ze willen weten waarom ik naar de haven ga en wie me geld geeft.'

Efisio verheft zijn stem: 'Luxòro, hè? Die geeft je toch geld?'

Mintonio's mond hangt open door het gebit en hij geeft geen antwoord.

'Ik praat wel, Mintonio... Doe geen moeite... Luister... Kapitein Luxòro moet de lading van het schip distribueren. Hij heeft armelui-armen nodig die sjouwen wat er te sjouwen valt... toch? En jij zou voor een paar rotcenten zelfs zakken stront op je rug alle trappen van de stad op sjouwen. Jij denkt dat je zo onschuldig bent als een dier. Jij denkt dat het zwijn niet weet wat zonde is als hij zijn tanden zet in eerzame honden, voorbeeldige vaders, die hem achtervolgen. Jij denkt – maar je denkt, dus je bent niet onschuldig – dat jouw toestand alles rechtvaardigt, want jullie van de heuvel gaan sneller naar de andere wereld dan de anderen, voor jullie geldt de bestaande orde niet, de wetten, de dingen.

Er is geen begin en geen eind hier bij de graven... Hier wikkelen jullie doden en baby's in dezelfde lappen. Een perfect systeem. Het is alsof dezelfde materie op dezelfde plek ontstaat, vergaat en opnieuw ontstaat. Alles is immers potdicht op deze heuvel en jullie liggen al in je graf, jullie liggen al te wachten. Vergaan en herboren, een soort wonder, een wederopstanding. Daarom willen jullie hier geen priesters.'

Mintonio begrijpt het verhaal maar ten dele: dat over het schip en de lading die hem uit zijn graf zouden kunnen halen.

Efisio moet hard schreeuwen want de wind maakt lawaai als hij zich van de richel naar beneden stort: 'Die lap, dat ruitjeshemd, is een gift van Luxòro en dat spoor waar Belasco zo blij mee is, is een goed spoor. Jij was op de pier, Mintonio, toen de advocaat van schrik doodging, en je dacht toen al aan deze nieuwe pitbulltanden. Waar of niet? Met wie was je?'

De lucht is bedekt met stapelwolken en de heuvel wordt alleen hier en daar verlicht door de stralen die zich een weg door de wolken weten te banen.

Er steken een tiental donkere koppen boven de rand van de rots uit. Mintonio heft zijn armen omhoog maar Efisio begrijpt niet wat dit gebaar betekent.

Hij ziet de eerste kleine stenen naast zich neervallen en doet een paar passen achteruit. Dan merkt hij dat bij elke worp de stenen groter worden, en eentje valt op zijn voet. Dus vlucht hij strompelend weg, maar al heeft hij tegenwind, hij gaat snel, achtervolgd door tien mannen die er door hun korsten allemaal hetzelfde uitzien. Alleen Mintonio is blijven staan.

Hij komt bij zijn paard, maakt het los en met de kracht van iemand die op de hielen wordt gezeten, slaat hij het met zijn zweep.

Terwijl hij in hoog tempo richting Stampaccio draaft, denkt hij: kannibalen, het zijn vast kannibalen... Dan glimlacht hij. *Het zal de wind zijn die de dingen in beweging zet, maar ze bewegen tenminste. We waren opgehouden met denken, allemaal.*

Het paard loopt nu de weg omhoog naar het Gerecht des Konings en het lijkt wel of hij samen met Efisio nadenkt, alle twee bij iedere windvlaag met hun kuif omhoog, en in gedachten verzonken.

'We zijn hem gevolgd. Luxòro geeft hem aalmoezen, dat klopt. Fabio Cancello, van het restaurant, geeft hem niet eens aalmoezen want daar is hij te krenterig voor: hij betaalt hem een paar centen voor zijn rotklusjes. Kortom, Mintonio had het in de gevangenis absoluut beter.'

Efisio strompelt vanwege zijn gekneusde voet, maar loopt toch om het bureau van Belasco heen.

'Majoor, ik weet niet of Mintonio een moordenaar is. Om te doden heb je hersens nodig, een idee, een plan en vooral een motief. Natuurlijk, zult u zeggen, beloning zou het motief kunnen zijn en in dat geval zou Mintonio een huurmoordenaar zijn. Maar ook een huurmoordenaar is iemand die kan doden, die iets kan...'

'Zoals, dokter Marini?'

'Zoals een steen tegen het hoofd van een dode gooien zodat zijn schedel verbrijzelt. Vandaag hadden ze die van mij kunnen verbrijzelen, me in een van de graven kunnen leggen, het paard opeten en dan zou er geen spoor van Efisio Marini de mummificeerder zijn overgebleven. Ook een dode een arm afhakken zou wel iets voor Mintonio zijn. Hij maakt geen onderscheid tussen smerige en nette karweitjes.'

Belasco zet zijn ceremoniële stem op: 'Doden kan erg eenvoudig zijn voor een simpele ziel... Ik ben het met u eens over Mintonio, maar Luxòro, Cancello en Marciàlis? Het is allemaal zo klaar als een klontje, dokter Marini, ze handelden in opium. We hebben ontdekt dat er in deze stad opiumeters en opiumschuivers zijn. En er zijn mensen vermoord.'

'Giovanni Làconi, Tea Làconi, Vincenzo Fois Caraffa en...'

Efisio voelt de pijn aan zijn voet niet meer. Hij heeft weer een idee en noemt nog een naam: 'Monseigneur Alfio Migòni.'

Belasco staart de benige jongeman aan die het niet kan laten en weer met zijn magere wijsvinger zwaait.

'Wat heeft don Migòni ermee te maken, dokter Marini? Wat...'

'De priester was oud maar in goede gezondheid. Ik heb met professor Falconi gesproken die bij zijn sterfbed heeft gezeten, en dat was kalm als een zonsondergang in de lente. Dat waren de woorden van Falconi en hij zei dat hij nog nooit zo'n mooie dood had gezien, zo mooi dat hij hoopt dat hij zelf ook zo gaat. Een engelenvlucht, zei De Kreun.'

Efisio praat nu tegen zichzelf: 'Ik heb ook zo'n dood gezien: Hana Meir leek kalmpjes op een donkere, maar goedaardige golf te drijven die haar naar het wijde water meevoerde als een nog groen maar reeds van de steel gevallen blad. Ook zij bewoog zich alleen om iets ogenschijnlijk banaals te doen: ze krabde haar borst en hals, het enige wat haar stoorde was de jeuk.'

Hij bedwingt zijn neiging om toneel te spelen, hij weet dat de ander zich ergert als hij overdrijft.

'Denk nu eens na, Belasco, we moeten nadenken. Migòni krabde zich ook, sterker nog, De Kreun krabde hem, toegewijd als hij is: de jeuk verstoorde zijn sterfbed.'

Zijn wijsvinger schiet nog hoger de lucht in.

'U weet dat opium vreselijke jeuk veroorzaakt, majoor, net als pure morfine. En de pupillen van de priester? Falconi heeft ernaar gekeken: ze waren groot en zwart, net als die van Hana…'

Er welt een donker, dof stemgeluid uit Belasco op: 'Bedoelt u te zeggen dat de eerwaarde Migòni met opium is gedood?'

Efisio is langer en ook knapper: 'Laudanum laat geen sporen na en bovendien is don Migòni veertien dagen geleden gestorven. Maar die "kelk" waar hij het tijdens zijn stille doodsstrijd over had, moet een betekenis hebben, dat kan niet anders, het was een kelk waar hij zo veel genot uit putte dat het hem heeft gedood. En die soort vervloeking dat iemand die doodt geen absolutie krijgt? Misschien had hij het in een hoekje van zijn door de opium gedeformeerde bewustzijn wel begrepen. De weg die het gif heeft afgelegd naar de monseigneur, kunnen wij ook proberen af te leggen en hij loopt via die kelk. Ik vrees dat het geen rechte weg is, majoor, en dat het misschien ook niet één weg is.'

Belasco begint te vermoeden welke weg het is. Hij weet niet waar hij heen gaat, maar ziet hem wel: 'De opium komt op de pier aan en gaat dan verschillende kanten op. Ik vertrouw Perseo Marciàlis opnieuw aan de arm der wet toe. Ze hebben me verteld dat hij al weer aankomt, maar dit keer zal ik hem zo de stuipen op het lijf jagen dat er iets uit zijn mond zal komen.'

'En laten we denken als twee wijze reizigers die de dingen vanaf de top van een berg observeren, majoor. Van bovenaf heb je beter zicht op wat de mensen doen en op de smerige achterstraatjes die ze nemen om zich niet in de hoofdstraat te laten zien, waar ze anders lopen met hun stropdas om en hun vrouw aan de arm. Marciàlis is een verliefde man wiens liefde

wordt beantwoord, ik denk niet dat hij iemand wil doden...
maar misschien weet hij wel iets...'

Terwijl Belasco de kamer uit loopt, herhaalt hij: 'Ik gooi
hem weer in de bak.'

Op een mooie zondagochtend, na de mis, zit Mauro Mamùsa
aan zijn bureau te rekenen, met hetzelfde lage voorhoofd en
dezelfde begerigheid waarmee zijn vader de schapen van
andermans kuddes telde. Het zijn berekeningen die hem
doen glimlachen en zijn melkwitte gezicht verschiet van
kleur en wordt roze.

Giacinta zit in het andere kantoor, hij spert zijn neusgaten
open en probeert opnieuw de lavendelgeur te ruiken die hij in
de kerk al heeft geroken. Hij vangt hem op, komt ineens
overeind en knoopt zijn broek los.

Even later zit hij weer achter zijn bureau en ligt Giacinta
op haar buik op de bank, haar gezicht in het kussen gedrukt,
armen en benen wijd en een zware, tevreden ademhaling
waar Mamùsa vanuit zijn kantoor naar luistert.

Hij gaat verder met optellen en begint weer te glimlachen.

Perseo huilt in de donkerste cel.

Uit de omslag van zijn laars haalt hij een pakje te voorschijn, neemt er wat poeder uit, stopt het onder zijn tong en
wacht. En als hij de koelte vanbinnen voelt, neemt hij ietsje
meer. En dat doet hij daarna nog een keer.

Aan de andere kant van de zee, waar de andere stad het spiegelbeeld is van deze, staat de papaverplukker, die is teruggekomen om uit te zoeken in welke richting hij moet kijken als
hij wil weten waar de exemplaren van dat gemengde ras zijn
waarmee ook het bloed van zijn vrouw zich heeft vermengd.
Hij was de beste in het persen van de slaapbollen, hij koos de
mooiste uit, waar het meeste sap in zat. Hij heeft er drie

dagen over gedaan om van de plantage naar deze haven te komen. De geur en de drukte verdoven hem meer dan zijn dosis papaverdruppels.

Een matroos laat hem een kompas zien en legt uit dat de stad die hij zou willen zien op twee dagen varen ligt, precies in de richting van waaruit de wind vandaag zo hard waait dat er geen enkele visser is uitgevaren.

De oude, uitgemergelde man gaat op de grond zitten, kijkt en bedenkt dat die mensen niet zo ver weg zijn en dat hij erg oud is en het in ieder geval zou willen begrijpen.

25

'Bijna dood? Wat bedoelt u? Hoezo bijna dood? Weet wat u zegt, majoor!'

'Perseo Marciàlis heeft een dosis opium genomen die zijn dood had kunnen worden, edelachtbare.'

Marchi verliest zijn monumentale pose. Een gevangene die zich met een verdovend middel van kant probeert te maken gaat hem te ver en hij kan zich geen voorstelling maken van de gevolgen, bovendien is het een gebeurtenis die hij niet heeft voorzien. Wel heeft Lecis, een cipier, Marciàlis bij het eerste ochtendgloren slapend aangetroffen, en omdat hij hem niet wakker kreeg, hulp ingeroepen: Lecis is welbeschouwd ook een stukje justitie en justitie heeft, in de persoon van het cipiertje, Perseo gered. Dat is wat de rechter, sneller dan normaal, denkt: justitie is gered.

Belasco kijkt strak voor zich uit: 'Dokter Marini is tot de conclusie gekomen dat Marciàlis in een kunstmatige slaap is weggezakt voor hij alle opium kon nemen die hij verstopt had in zijn laarzen, waarin we nog vijftig gram hebben gevonden. Hij heeft dus geen dodelijke dosis ingenomen: hij is daarvoor al in slaap gevallen. Lecis zegt dat hij lag te slapen als een pasgeboren baby. Marini glimlachte nadat hij zijn pols had gevoeld, zijn hart had beluisterd en zijn ademhaling gecontroleerd. De gevangene bevindt zich nu, veilig en verzorgd, in een cel aan de kant van het plein.'

'Wat doet hij?'

'Hij slaapt nog steeds. Als u dat wenst, kunt u hem vanmiddag spreken, als de dokter het goedvindt.' Belasco staat kaarsrecht en kijkt langs de rechter: 'Wat mijn handelswijze betreft, ik heb me al afgemeld en ik draag het commando over het garnizoen van de koninklijke fiscus over aan kapitein Moretti.'

Marchi schrijft enkele minuten, laat dan het papier drogen en geeft het aan de roerloze Belasco.

'Dit is het bevel tot invrijheidstelling van Perseo Marciàlis. Ik neem de verantwoordelijkheid op me voor zijn arrestatie, voor wat er is voorgevallen en voor zijn vrijlating. De orde van advocaten kan alleen maar wat tieren. Ik let op hetgeen er op schrift staat, niet op het gekakel in het kippenhok van de balie. En wat de vertegenwoordiger van de koning betreft, die zal er, denk ik, geen klap tegen inbrengen. Hij zal jaknikkend die idioot van een advocaat Penna aanhoren, die hem, met die stem die linea recta uit zijn neus komt, vast en zeker gaat ergeren, en daarmee is de kous af. U, majoor, neemt een week rust, u hebt de hele zomer gewerkt. We zitten nu in september, een maand die zich leent voor nietsdoen… in oktober praten en denken we verder.' Hij aarzelt even en zegt dan zachtjes: 'Welbeschouwd, hebben we de gebeurtenissen ook nu weer een halt toegeroepen. Goed.'

De rechter staat op en wijst door het raam naar de menigte op het plein: 'Kijk die mensen, Belasco, kom eens naar het raam. Lijken ze in staat om iets te ondernemen? Welnee… Ze zijn donker, klein, twistziek, lui, vraatzuchtig, ze slapen na mateloze middagmalen, zijn bang voor de zee en minachten alles wat uit een andere wereld dan de onze hierheen komt. Iemand vermoorden is een ingewikkelde onderneming! Hoe konden ze doden zonder ontdekt te worden en waarom hebben ze gedood? Als deze zaak voorbij is, stuur ik u een maand naar Turijn, majoor, om te zien hoe de dingen daarginds worden aangepakt. Dat is geen straf, integendeel, het is een blijk van respect. Ik heb respect voor u, Belasco.'

Efisio en Carmina zijn in het Grand Café. Ze groeten, knikken, hij leest de *Gazzetta*, die over de vrijlating van Perseo Marciàlis schrijft, en zijn aandacht wordt getrokken door een paginagroot artikel over opiumverslaving en over een beroemde Engelsman die zijn bekentenissen heeft gepubliceerd nadat hij zich had bevrijd van de 'toverdrank' die zijn leven beheerste, zo schrijft de krant, die verder aanbeveelt het boek te lezen als een vaccin tegen laudanumtinctuur.

Carmina – Efisio kent haar goed – moet iets kwijt, dus heeft ze op weg van huis naar het café haar mond gehouden omdat ze niet door te praten van haar à propos wil raken.

'Jij hebt ons leven thuis helemaal veranderd en ik kan er niet tegen.'

'Ik heb mijn werk, Carmina, en een idee waarvan ik niet terugkom. Ik heb een plan dat te veel, veel te veel tumult veroorzaakt, dat klopt, maar dat komt door deze stad waar handelaars, klerken, muizen en kakkerlakken de baas zijn... In een andere stad zouden we een normaal leven hebben.'

Zij wil niet te veel woorden gebruiken: 'Jij brengt de dood mee naar huis en soms zit hij met ons aan tafel. Je hebt een idee, ik weet het. Maar nu is er iets wat alles anders maakt omdat jij je leven ergens anders zoekt en het voor jou nu een andere geur heeft en een andere kleur dan de mijne.'

Efisio zou weg willen lopen, zo is hij nu eenmaal. Als zijn meester op de priaristenschool hem op een fout betrapte, wilde hij meteen naar huis en er niet meer over praten. Fouten zijn iets persoonlijks, iets intiems dat hij zelf moet herstellen, hij kan er niet tegen dat iemand anders dat voor hem doet. Daarom zit hij, omdat hij niet weg kan, heen en weer te schuiven op zijn stoel.

Carmina heeft een steen op haar maag die haar de adem beneemt, en ze stamelt: 'Ik bedoel dat je op elk moment van de dag, tot in bed toe, een poeder mee naar huis neemt, naar mij, Vittore en Rosa, en ook een geur die van gene zijde komt… Inmiddels ruik ik het overal'.

Carmina's ogen zijn nu strak op Efisio's handen gericht waar ze altijd van hield, ze wordt bedroefd, maar zonder tranen.

'En op andere plaatsen zoek je zon, licht, vrolijkheid, want anders verveel je je. Verveling. Ja, weet je, ik ben ervan overtuigd dat het probleem is dat je mij al alles hebt verteld en ik niet meer interessant ben… Je hebt me uitgelezen als een boek. Je hebt me gelezen en misschien nog eens gelezen. Nu versteen je doden en elke dag vragen ze je iemand te verstenen, sommige gekken hebben zich er zelfs al voor ingeschreven. Je hebt het al zo vaak gezegd: voor jou is het een allesoverheersend idee, dat is nou eenmaal zo. Ja, Efisio, je hebt te veel tegen me gepraat en misschien is het ook mijn schuld dat ik niet meer naar je luister. En nu zoek je iemand, en misschien heb je die al gevonden, die naar je luistert terwijl je boven op een rots mooie woorden kiest… iemand die beseft hoe intelligent je bent en dat je in de dingen door kunt dringen, als ze je interesseren. Wat kun je mij nog vertellen? Dat je deze of gene hebt versteend? Dan maar liever zwijgen.'

Ze eten hun schaafijs op, staan op en gaan zonder nog een woord te zeggen op weg naar huis.

26

Een bitter gevoel van eenzaamheid heeft Belasco's goede humeur verjaagd. Na de vrijlating van Marciàlis heeft hij zich een aantal dagen nutteloos gevoeld en was hij niet in staat om iets met zijn ideeën te doen, hij is ze gaan haten. Nog meer haat hij de woorden, en hij herkauwt een zinnetje van Tea Làconi: *Woorden zijn hoogst ongepast.* Weg met de woorden en de gedachtenconstructies. Er bestaan alleen feiten en dingen die gebeuren. Maar helaas komen er, vooral bij het krieken van de dag, weer nutteloze woorden bij hem op.

Ook Efisio, maar dat weet de majoor niet, wordt misselijk van woorden en heeft zich in zijn instituut opgesloten om te verstenen en nog eens te verstenen, in afwachting van ideeën en inspiratie.

Maar voor Belasco verandert de eenzaamheid al gauw in somberheid, en hij voelt zich ook letterlijk door duisternis omringd omdat hij – nu hij zeven dagen vrij is – iedere ochtend, gebogen, na het lusteloze ontwaken dat hij liever zou uitstellen, opstaat en zich tot het middagmaal in zijn kamer opsluit met de luiken dicht.

Maar hij weet niet dat ideeën vaak een onwillekeurig fenomeen zijn en dat je ze niet kunt tegenhouden, ze komen gewoon.

Terwijl hij al uren naar de grote kreeftsbloem zit te kijken en bedenkt dat hij hem water moet geven, rijst er, pal voor zijn ogen, een twijfel op die het effect heeft van een glas aquavit en hem versuft, maar die vervolgens een vorm krijgt.

Hij ziet, gelijktijdig met de twijfel, de priemende ogen van Efisio, hij herinnert zich dat de mummificeerder altijd zegt: *Wat een fouten en wat een lol voordat mijn standbeelden er zijn, wat een fouten!*

Hij staat op en strijkt zijn haar glad, zijn rug recht zich, zijn stem klinkt hem weer goed in de oren en hij oefent hem.

'Don Armandino, ja, De Kreun dus, niemand heeft eraan gedacht hem iets te vragen. Alleen omdat ik nu een beetje uit mijn humeur ben, zou ik moeten accepteren dat er een priestermoordenaar vrij rondloopt in deze stad? Dat ze advocaten vermoorden is tot daar aan toe, al zijn het de verkeerde. En na don Armandino ren ik naar Efisio Marini, ik moet hem spreken over een idee van mij, een klein idee weliswaar dat misschien niet klopt, maar toch!'

Hij trekt zijn uniform aan, waardoor hij zich sterker voelt, en arriveert stram en stralend na een halfuur stevig doorstappen bij de deur van het kapittel.

Het waren gewoon een paar melancholieke dagen.

De Kreun transpireert want Belasco heeft de stem van een diender op oorlogspad.

'Er kwamen elke dag zo veel mensen, majoor, ik kan ze me niet allemaal herinneren. Heel veel mensen in de stad kenden don Migòni.'

'U was zijn secretaris, don Armandino. U weet vast nog wel hoe groot de donatie van Michela Làconi was.'

'Dat wel, al weet ik niet…' zucht De Kreun, 'al weet ik niet of ik dat mag zeggen. Advocaat Mamùsa en signorina Giacinta regelden dat feitelijk, ook al is zij altijd met haar gedachten ergens anders.'

'Hebben zij met don Migòni gepraat, hebben ze elkaar gezien?'

'Signorina Làconi en advocaat Mamùsa zijn 's ochtends langs geweest… Ze hebben iets voor hem meegebracht…', hij zucht, '... later, om middernacht, heeft de eerwaarde me laten roepen, hij voelde zich niet goed en toen begon zijn doodsstrijd. Toen het ochtend werd heb ik hem gezalfd. Wat was hij vredig... Hij verkeerde in een staat van zaligheid, dat weet ik zeker. De woorden die hij sprak: "Geen absolutie voor wie een leven neemt... de kelk van de duivel..." kwamen uit een geest die er niet meer was en zijn wezen was niet meer dat van pater Migòni, want die, de echte, was al weggevlogen. En dan te bedenken dat hij zo sereen was bij het avondeten... Hij heeft tevreden gedronken en gegeten, vol blijdschap... Hij was altijd vol blijdschap...'

Belasco is nu helemaal niet somber meer: de kelk, de kelk!

Marini, hij moet naar Efisio Marini.

'Ja majoor, de feiten zijn de ideeën vaak te snel af, u hebt gelijk.'

'Ik heb vijf dagen binnen opgesloten gezeten, dokter Marini, en ik wilde niet meer denken. Toen heb ik gemerkt dat de ideeën je, ook als je dat niet wilt, ook als je ze niet zoekt, gewoon overvallen.'

Efisio en Belasco wandelen langs de muren van Santa Cristina en kijken naar de zonsondergang die op dat moment balanceert tussen duister en licht. Een ogenblik en het begint te donkeren.

'Ik heb ook nagedacht, majoor, en ik heb me ook opgesloten, ver van de feiten en de mensen die me afleiden. Maar het is me niet gelukt, ik word steeds somberder, ik eet niet en slaap zelfs niet meer. Ik heb ruimte nodig. Vanochtend ben ik naar het strand gegaan, de duinen zijn mooier in deze maand en niet zo verblindend. Ik heb geroeid en een paar zeebrasems gevangen. Weet u wat voor mij tijdens al deze ledige tijd is komen vast te staan?'

Belasco wacht op het antwoord en Efisio gaat door: 'Marciàlis, Luxòro en die waard, Cancello, zijn opiumhandelaren, misschien verkopen ze het. Marciàlis gaf het cadeau aan Hana Meir, hij gebruikt het zelf en hij gebruikt het met Maria He 'Ftha, ze doen het in de koffie... Ze zijn misschien verachtelijk, of, volgens don Armandino, zondaars, maar ze zijn geen moordenaars. Wie van hen had het huis van Tea Làconi kunnen binnengaan, haar naar het balkon kunnen duwen en haar dwingen te springen? Tea zou ze niet eens hebben binnengelaten. Wie van hen had don Migòni kunnen benaderen en hem over kunnen halen om een opiumbrouwsel te drinken? Niemand. We hebben ons van de feiten laten afleiden, majoor. We hadden een, of meer dan een, moordenaar moeten zoeken, en niet een of andere boef met al zijn onhebbelijkheden achterna moeten zitten. We hebben geen goed figuur geslagen, Belasco. Wat ik van Mintonio moet denken, weet ik niet. Misschien is hij wel helemaal geen menselijk wezen; in elk geval weet hij niet wat schuld is, hij maakt geen onderscheid. We hebben de plank misgeslagen, majoor, helemaal mis.'

Voor het eerst sinds hij de wijsvinger van Marini kent, glimlacht Belasco. Hij heeft iets te zeggen waaraan niet onbetamelijk veel woorden te pas hoeven te komen: 'Mamùsa en Giacinta hebben monseigneur Migòni die ochtend in zijn kantoor in het kapittel opgezocht. Die nacht is Migòni aan zijn doodsstrijd begonnen.'

Hij pauzeert even omdat hij ziet dat Efisio plotseling van zijn stuk is en dan gaat hij verder: 'Nu vraag ik u, dokter Marini, is het uw stellige overtuiging dat de prelaat is gestorven door de opium die de kamer van het kapittel is binnengebracht door handen die de arme priester uit de weg wilden ruimen? Een cadeau misschien, in de vorm van een taartje, een drank, aangelengd met wijn... in een kelk.'

Het is nu bijna donker en de lantaarnaansteker is bijna klaar met zijn ronde.

Efisio denkt niet aan zijn haarlok, hij denkt niet aan de

doden, hij vergeet Matilde en Carmina en zijn donkere ogen lichten op: 'Het is koel vanavond! Mooi zo, dat houdt ons wakker. Ik heb geen antwoorden, majoor, maar ik heb het gevoel dat ik met u een reis ben begonnen en ik zou die graag afmaken. Trouwens, ik mag me officieel met de zaak bemoeien.' Hij glimlacht: 'Ik ben door huize Làconi en Maria He 'Ftha aangezocht om hun mummificeerder te zijn... U heeft iets nieuws in de redenering ingebracht, iets belangrijks, aangezien ik ervan overtuigd ben dat die onverwachte doodsstrijd zonder uiterlijke tekenen, verlamming of pijn, door de morfine is veroorzaakt. Zelfs de digitalis heeft het hart van de priester niet opnieuw op gang gebracht; hij is net als Hana Meir naar het ruime water weggedreven. En nu vertelt u me dat Giacinta Làconi en Mauro Mamùsa bij hem langs zijn geweest...'

Belasco's glimlach wordt nog breder. Efisio gaat verder: 'Don Migòni 's nachts elegant door de morfine gedood, het bezoek van die twee in de ochtend... Uw informatie krijgt een belang dat niemand kan betwisten, majoor. Kortom, Mamùsa is veel verdachter dan Marciàlis en Luxòro. Weet u niet of hij iets voor de priester heeft meegebracht?'

'Nee. Maar dat herinnert don Armandino zich niet, dus het is niet uitgesloten.'

'Mamùsa... Die moeten we verhoren.'

'Mamùsa is advocaat bij een belangrijk kantoor in de stad. Dat weet u toch, hè?'

Efisio's ogen stralen als twee lantaarns: 'U kunt dat inderdaad niet doen. Maar ik wel, ik kan met advocaat Mauro Mamùsa praten. Maar...' hij onderbreekt zichzelf, 'maar er is iemand die meer dan wie ook het gewicht van de woorden en de feiten voelt en die een gezicht heeft waar onophoudelijk pijn op staat. Ik ga eerst met haar praten.'

27

Zodra hij het kantoor in de Bàlice binnenstapt, ruikt Efisio een wildedierengeur. Een stagiair heeft hem plaats laten nemen in een grijs kamertje dat dienst doet als nadenkcel voor cliënten, en hij heeft het raam opengezet omdat die geur hem aan iets akeligs doet denken, maar hij weet niet wat.

Hij wacht op advocaat Mamùsa, die terug moet komen van een zitting. Giacinta is er ook niet.

Hij steekt een sigaartje op en gaat bij het raam staan.

Als de sigaar bijna op is, ziet hij de bleke advocaat in zijn redingote, zijn zwarte tas onder zijn oksel geklemd, vlak langs de muur lopen; hij blinkt in de zon.

Mamùsa gaat de deur van het kantoor binnen.

'Ik ben blij dat Giacinta Làconi er niet is, meneer Mamùsa. Ik zou hoe dan ook om een gesprek onder vier ogen hebben gevraagd.'

'Ik heb Giacinta sinds gisteren niet meer gezien, dokter Marini.'

'Ik was vanochtend bij haar thuis, ik heb lang met haar gesproken en ze kan beter niet horen wat ik u ga vragen.'

Mamùsa is melkwit en heeft twee blauwige voren rond zijn ogen. Die ogen. Efisio denkt dat hun uitdrukkingloosheid vrucht is van langdurige oefening maar ook van een karakter dat hem is doorgegeven door een soort dat niet maalt om de dingen der natuur en dus ook niet om het bloed. Opeens begrijpt hij dat die wildedierengeur, die hier in zijn kamer nog sterker is, de geur is van de advocaat en dat daar geen zeep ter wereld tegen opgewassen is.

Hij voelt echter de angst kriebelen; en omdat hij het niet kan uitstaan dat hij angst voelt, begint hij de woorden opzettelijk als een priem te gebruiken, al weet hij dat Mamùsa, instinctief en beroepsmatig, zwijgt en de ander laat praten.

'U weet dat Giovanni Làconi van schrik is gestorven, dat weet iedereen.'

Mamùsa schuift zijn stoel dichter naar zijn bureau en Efisio voelt weer hoe plezierig hij het vindt om de spil te zijn in de gebeurtenissen.

'Angst. Angst is niet iets wat je denkt. Het is net zoiets als honger of dorst. Als je kon nadenken zodra de angst de hersenen bereikt, zou alles anders zijn en zou de angst minder macht hebben. Giovanni Làconi heeft niets gedacht, hij heeft het touw om zijn nek gevoeld en is meteen van angst gestorven. Maar nadenken, de ideeën op een rijtje zetten, zou niet genoeg zijn geweest.'

Efisio heeft zijn wijsvinger in de aanslag: 'Als u wat tijd voor me hebt, meneer Mamùsa, zal ik u een verhaal vertellen dat u hier en daar wat onsamenhangend zult vinden, omdat ik de volgorde van de dingen niet in acht neem.'

'Ik luister.'

'Het sterfbed van de eerwaarde Migòni, waarvan iedereen in de stad denkt dat het het zachte sterfbed van een heilige was, is na het avondeten begonnen. 's Morgens heeft hij verschillende mensen ontvangen, onder wie u, zegt don Vincenzino. En misschien is ook de priester gestorven terwijl het zijn tijd nog niet was.'

Mamùsa verroert zich niet. Efisio beleeft er niet alleen maar plezier aan, want plotseling komt er een pijnlijke herinnering bij hem boven.

'Nu moeten we een stap terugdoen. Giovanni Làconi had verschillende schenkingen laten vastleggen. Een schenking voor Hana Meir die zich inmiddels "bij de meerderheid heeft gevoegd", wat zo genoemd wordt omdat ze aan gene zijde met meer zijn dan wij hier. En een andere schenking voor de schouwburg, in de persoon van Vincenzo Fois Caraffa, die ook ons aantal heeft doen slinken, omdat iemand hem met opium heeft vergiftigd. En verder…'

Efisio voelt nu overal naalden, hij heeft een brandende jeuk aan zijn hoofd, onderin, waar de gevoelens ontstaan.

'… en verder Tea. Zij was Giovanni's vrouw en het grootste deel van de erfenis zou naar haar zijn gegaan…'

Mamùsa voegt daar zachtjes aan toe: 'En naar Giacinta…'

'We zullen het zo over Giacinta hebben, als u wilt. Maar nu wil ik nog even verdergaan over Tea die Giovanni's vermogen zou hebben geërfd en waarschijnlijk ook beheerd,' hij kijkt om zich heen, 'ook dit kantoor, wat er in staat en wat er bij hoort, de hele mikmak van ingewikkelde zaken die een advocaat als hij sterft niet meeneemt in zijn graf maar als onkruid achterlaat voor wie achterblijft. Maar Tea is ook een geweilddadige dood gestorven.'

De wildedierengeur is sterker geworden. Efisio staat op en opent, zonder iets te vragen, het raam. Hij blijft in het licht staan, waar hij zich beschermd voelt.

'Maar één ding leidde ons af en weerhield iedereen, mij ook, ervan om een redenering te volgen die ons naar maar één enkele reden moest voeren die alles in beweging zette, één enkele zwarte draad: die van het belang, de hebzucht en het bezit. We waren afgeleid door de opium, de handel in opium: een nieuw verschijnsel, een schandaal voor deze stad van krentenwegers. En de opium heeft ons, ook zonder dat we hem gebruikten, fantasiewerelden voorgetoverd, fantasie-criminelen, Afrika, verre havens en woestijnen… Maar een verre van denkbeeldige crimineel heeft onder onze neus drie, misschien vier, mensen gedood, en hij heeft dat met de grootst mogelijke boosaardigheid gedaan. Boosaardigheid.

Ja, meneer Mamùsa, ik dacht ook dat al die wreedheid van overzee kwam, van ver. Maar ik moest me omdraaien, het water de rug toekeren en me de bloeddorstige ziel herinneren die in de bergen van ons eigen eiland huist, dat het kwaad zelf produceert, zoals kaas en ricotta.'

Mamùsa heeft het begrepen maar verblikt of verbloost niet: 'U maakt imitaties van het vlees, Marini, sommige bijgelovigen denken dat u de eeuwigheid de maat hebt genomen en ze kunnen zich zelfs voorstellen dat Giovanni Làconi en zijn vrouw liggen te wachten en van het ene op het andere moment kunnen opstaan om de moordenaar aan te wijzen. Maar het recht vereist feiten.'

Het genot bekruipt Efisio nu overal, in alle delen van zijn lichaam.

'Bij tijden neemt ook het recht genoegen met iets wat de werkelijkheid benadert. En ik heb een idee in mijn hoofd dat pijn doet vanaf het moment dat het bij me is opgekomen. Ik zei u al dat ik heb geprobeerd de zwarte draad van de hebzucht te volgen, dat ik de zee de rug heb toegekeerd en naar de bergen heb gekeken, waar veel dorpen slechts met elkaar verbonden zijn door wegen die alleen op de Piëmontese kaarten bestaan, waar steeds meer met eigen bloed wordt getrouwd en de hoofden steeds zieker worden. Dat veroorzaakt veel slechtheid. Maar dit zijn gevoelsoverwegingen. U wilt feiten, Mamùsa, feiten? Ik zeg u alvast dat je beter met zijn tweeën kunt zijn als je iemand wilt doden, dat is veiliger. Een moord is geen heldendaad en er is voorzichtigheid geboden. Een van de twee scheurt zijn ruitjeshemd... hij let niet op en laat een spoor achter.'

'En de ander?'

'Nou, de ander heeft de touwtjes in handen, die zweet niet, die scheurt zijn kleren niet. De ander kent Giovanni's gewoonten, die beslist hoe hij gedood moet worden en vernedert de dode met de symbolen die ze in zijn geboortestreek gebruiken. Het slachtoffer moet ook lijfelijk vernederd worden, verminkt. Zodat het lichaam werkelijk nooit meer opstaat en de afgrijselijke daad voorgoed herinnerd wordt.'

'Dokter Marini, vertelt u nu over de dood van Tea, ik luister.'

Weer een golf van genot.

'Tea heeft iemand in haar huis binnengelaten die ze kende, mogelijk heeft ze naar hem geglimlacht. Ze heeft hem binnengelaten en toen heeft hij haar uit het raam geduwd. Tea wilde niets weten van die val, ze heeft zich verzet, ze heeft zich vastgegrepen en de moordenaar heeft haar vingers, die als klauwen om de balustrade klemden, met een mes bewerkt. Misschien zo'n mes dat de herders in uw geboortestreek gebruiken.'

'En Fois Caraffa?'

'Ook hij heeft voor een bekende opengedaan, ook hij heeft mogelijk geglimlacht, maar die ander heeft hem bewusteloos geslagen, vastgebonden en volgegoten met opium.'

'En de eerwaarde Migòni?'

'Een gulzigaard die te veel van een versterkend middel heeft genomen… Misschien dat het hem is aangeboden door een niet eens zo devote bezoeker en hij het bij het avondeten achterover heeft geslagen. Er blijft, heeft de gulle gever van die opiumdrankjes gedacht, toch geen zichtbaar teken achter van die drank.'

Efisio voelt een vermoeidheid die het genot wat op de achtergrond drukt, en hij zou even willen slapen, zoals de oude Michela, maar hij vervolgt: 'Deze feiten trekken in gesloten formatie op naar één punt: alle doden vormden een obstakel om het vermogen bij elkaar te houden dat Giovanni Làconi, die daarvoor op deze wereld was gezet, had vergaard door zich schor te pleiten voor het Gerecht des Konings. Tea was de nieuwe baas na de dood van haar man? De wind tilde haar op en voerde haar mee naar de andere wereld. Fois Caraffa en

Migòni wilden geld? Nu zijn ze in Charons boot gestapt. Alles is nu van Giacinta.'

Mamùsa verschiet niet van kleur: 'U hebt vanmorgen met Giacinta gesproken... Zij is aan het begin van de dag zwakker... Naarmate de dag vordert, voelt ze zich beter'.

Efisio loopt naar het raam, hij kijkt in de richting van de Bàlice alsof hij van daar iets verwacht, dan glimlacht hij, loopt naar het bureau: 'Giacinta, Giacinta! Zie hier Mamùsa de gek.' De advocaat blijft wit maar zijn ogen worden rood en glanzend. 'Wanneer je een spil gebruikt, alle monteurs weten dat, dan moet die bestand zijn tegen de krachten die hij moet ondersteunen. Als de spil bezwijkt dondert alles in elkaar.'

Mamùsa heeft een duizeling die aankomt als een klap. Hij heeft het door, hij heeft het helemaal door.

Efisio noemde hem een gek, en zoals sommige gekken vertrekt hij geen spier maar zijn ogen worden wel vochtig.

'Wat wilde u van Giacinta, dokter Marini?'

Giacinta, het tere poppetje, die hij besprong en verpletterde, en die daarna maar moest zien hoe ze zichzelf weer bij elkaar raapte na al het geweld dat hij over haar uitstortte en dat haar volledig van haar stuk bracht.

Efisio geeft hem nog een zweepslag: 'Ik heb Giacinta gesproken. De spil is bezweken, Mamùsa. De moordenaar heeft zich misrekend... Hij dacht heer en meester te zijn over Giacinta... Misschien wilde hij wel met haar trouwen en haar daarna, als het uitkwam, vermoorden... Er zijn vele manieren... Maar Giacinta is bezweken.'

Mamùsa probeert het met woorden: 'De moordenaar had ook Michela kunnen doden... Nee, voor haar hoeft hij alleen nog even te wachten, een paar jaar.'

Efisio kijkt somber, er verschijnt een nieuwe plooi in zijn voorhoofd: 'Michela neemt haar voorzorgsmaatregelen, ze beschermt zichzelf en overleeft ons allemaal. Zij zou zelfs voor u de deur niet opendoen, Mamùsa. Zij drinkt geen gif.'

Hij kijkt opnieuw uit het raam... Daar zijn ze: 'Giacinta heeft gepraat.'

Er wordt geklopt. Het klinkt niet alsof het Giacinta is, die daarna altijd binnenkwam met een blik alsof ze niet meer kon denken. Er wordt opnieuw geklopt.

Mamùsa sluit zijn ogen en spreekt opeens als een dichter: 'Ik had troost gevonden en ben die kwijtgeraakt door mijn tanden erin te zetten. Ik heb gebeten in dat waarin ik niet mocht bijten.'

28

Er zijn op dit eiland en in deze stad maar twee seizoenen, het warme en het koude, en die volgen elkaar op met heftige veranderingen die de natuur en de mens beroven van de nuances en de liefelijkheid die eigen zijn aan de tussenseizoenen. De bomen worden in de herfst niet geel maar veranderen van het ene op het andere moment in skeletten. Amandelbomen en kersenbomen lopen niet eerst uit en gaan dan bloeien, nee, op een winterochtend verdringen de bloemen zich zomaar op de takken. De herfst heeft de zomer dus tot december opgerekt en vandaag is het opeens de eerste koude winterdag.

De rietbossen in het moeras trillen en worden plotseling dor en de zoetige geur van ontbinding verdwijnt.

Vandaag hangen ze Mamùsa op.

Efisio is in het donker de deur uit gegaan, heeft zijn paard bij de Engelenkaap laten staan en heeft almaar gelopen. Het zand is zuiverder als het koud is. Hij praat in zichzelf en gebruikt de woorden als troost. De zee vertelt hem dat de wereld een hoorn des overvloeds is en dat de zon de mist zal oplossen. Maar als hij zich omdraait en hij ziet de nog in nevel gehulde bovenstad en het melkwitte profiel van de gevangenistoren, loopt hij nog steviger door in tegenovergestelde richting.

Hij is de laatste dagen aangekomen want hij at meer van angst, en hij bracht zijn tijd door met langdurig en pijnlijk verteren.

Ze zijn bij het krieken van de dag binnengekomen en troffen hem ijsberend in zijn kleine cel aan. Ze hebben hem warme melk gegeven en een glas aquavit. Hij drinkt de melk, maar al zijn organen weigeren want ze weten dat ze nooit meer gevoed zullen worden, en hij braakt. Dan gooit hij de aquavit achterover, dat is geen voedsel.

Vriendelijk leggen ze een hand op zijn schouder, laten hem op een stoel plaatsnemen en knippen met een schaar de kraag van zijn overhemd. Zijn hals begint nu al te voelen wat er met hem gaat gebeuren, hij verstijft en doet pijn.

Mauro Mamùsa begint te trillen en voelt dingen die hij niet begrijpt. Iemand raakt de wervels onder zijn nek aan. Hij laat hem begaan en doet zijn ogen dicht. Het kan niet, het kan niet... Hij proeft opnieuw de smaak van de witte alcohol. Hij zegt alleen dat hij het koud heeft en ze geven hem een grote laken jas.

Hij wrijft in zijn ogen, duwt heel hard tegen zijn oogkassen en begint, terwijl hij naar de eentonig opgedreunde woorden van de priester luistert, opnieuw snel door zijn cel te lopen want snelheid is de enig mogelijke pijnstiller.

Ze geven hem nog wat aquavit. Ze binden zijn polsen op zijn rug. Hij zou willen vragen waar Giacinta is, maar er komt geen geluid uit zijn keel.

Dan brengen ze hem naar een andere cel.

Hier ruikt hij een bekende geur, hij kijkt naar een hoek en herkent haar, ook al gaat ze in een zak gekleed. Giacinta lijkt nu sprekend op haar vader Giovanni, de wrede straf heeft ieder vrouwelijk kenmerk uitgewist en wat is overgebleven, is haar met de genen van haar vader doorgegeven: een schrale huid en nietszeggend vlees.

Mauro Mamùsa wil niet meer aan haar denken, het kan hem niet schelen wat er met haar gebeurt want de angst heeft hem nu volledig in zijn greep. Toch heeft hij een paar keer bedacht dat het zo zou kunnen aflopen, maar dat had hem niet tegengehouden.

Ze gaan hem om acht uur ophangen.

Als hij de toren uit komt, heeft hij het zo koud dat hij kwaad wordt. Waarom geven ze hem niet iets warms aan? Omdat hij toch niet meer ziek kan worden? Ziek worden en dan aan die ziekte doodgaan kan hij niet. Er is een licht waarvan hij doodsbang wordt. Waarom maken ze hem niet in het donker dood?

Daar is de kar. Hij is niet overdekt. Het waait. Mijn vlees, mijn vlees.

Buiten vervliegt de alcohol die hij heeft gedronken. Hij vraagt om meer maar dat geven ze hem niet. Waar komt die helderheid vandaan? De angst zet al zijn zintuigen op scherp... Hij ziet meer, hoort meer... Zijn hart lijkt wel een op hol geslagen specht. Als het stil zou blijven staan...

Hij kijkt naar de uitdrukking op de gezichten van de mensen die in de kou de straat op zijn gegaan om het gezicht van de moordenaar te zien. Hij kan zich niet staande houden in de kar en ze ondersteunen hem. Er is één moment van nerveuze sereniteit als hij meent het omsloten Escravida-dal te zien, waar zijn vader hem altijd mee naartoe nam met de kudde. Maar als hij terugdenkt aan de onaangedaanheid waarmee het herdersknechtje een lam de strot doorsneed om iets te vieren, bedenkt hij dat al die mensen daar zijn alsof ze iets te vieren hebben, hij kijkt niet meer naar ze en begint weer te trillen en snel te denken.

Er is geen enkele manier om de angst te verdrijven. Waarom kan hij nu niet doodgaan? Waarom die hele ceremonie? Hij doodde zonder ceremonieel. Waarom al dat geweld?

De kar rijdt de Cristinapoort uit. Plotseling ziet hij de zee en denkt hij aan Efisio Marini, Joost weet waarom.

Maar hij houdt meteen weer op want rechts van hem, tegen de muur, ziet hij, alsof het een geestverschijning was, zo gewelddadig, het schavot van nieuwe planken, en onder het houten plankier de man die aan zijn voeten moet hangen om hem een ruk te geven. Hij denkt al dagenlang aan hoe dat gaat, dat rukken. Hij weet dat hij het twee keer moet voelen: een keer van het touw en een keer van die dikke man met zijn leren schort.

Hij heeft het koud.

Hij weigert van de kar af te komen. Maar dan komt hij ineens gedwee naar beneden en probeert alleen naar de hemel te kijken, maar ze duwen zijn hoofd naar beneden.

Op het trapje valt hij achterover en ze houden hem onder zijn armen vast. De zure lucht van het verse hout dat voor hem in elkaar is getimmerd maakt hem doodsbang, hij krimpt ineen en plast in zijn broek.

Zodra hij op het plankier staat, maakt hij zichzelf wijs dat hij zal sterven voordat ze de strop om zijn hals leggen. Het kan niet waar zijn dat de dingen zo gaan als deze lui hier willen, denkt hij. Maar hij ziet maar al te goed het gezicht en de paarse lippen van de man die olie op zijn hals kwast en tegen hem zegt: 'Omdraaien, prima, zo, hou je ogen dicht, ik waarschuw je als het zover is, dan verstijf je niet.'

Maar hij waarschuwt niet en Mauro Mamùsa valt twee meter naar beneden, hij heeft zijn ogen open, hij ziet wit en voelt de handen die hem vastgrijpen maar hij weet niet meer wat er gebeurt.

Om negen uur komt er nog een kar van de binnenplaats van de toren het doodslicht in rijden.

Een spierwit kunstgebit blinkt in de decemberzon.

Mintonio gaat met korsten en al naar de galg en hij voelt geen noordenwind, kijkt de mensen niet aan, merkt niet dat er niemand van de grafbewoners is, hij trilt zelfs niet, hij is onbewogen. Hij voelt alleen de absolute, panische angst van iemand die er zo meteen niet meer is. De dagen van de vierhandige Mintonio zijn geteld. Tijd kun je niet bedelen.

Ze hebben hem verteld dat met Mamùsa al is gedaan wat gedaan moest worden, en een boosaardige, kleine bewaker heeft van achter de kar naar hem geschreeuwd dat ze niet eens een ander touw zullen gebruiken. Hij wil opium, en meer witte alcohol.

Ook hij ziet, als hij de stadspoort uit komt, eerst de zee en dan ineens het schavot. De grimas van de veroordeelde slaat over op de gezichten van de mensen.

Rechter Marchi heeft alles door een klein raampje gadegeslagen en zal alles opschrijven. Hij heeft de uren en de minuten genoteerd die van tevoren nauwkeurig waren vastgelegd, met begin- en eindtijd van de feiten en ook alles ertussenin.

'Majoor, Giacinta Làconi kan niet worden overgebracht naar Bellarosa. De gevangenis bij het moeras wordt haar dood. Laat haar hier in de stad. Ze kan tot inkeer komen. Die vrouw heeft iets in haar blik wat ik niet kan thuisbrengen.'

Belasco heeft nooit in een oorlog gevochten en weet niet wat een veldslag is. De doden die van het touw worden gehaald en in een kist worden gelegd, zullen hem altijd bijblijven.

'Het is een zwakke vrouw, edelachtbare, en ze kan even makkelijk naar zonde neigen als naar heiligheid, het hangt er vanaf in welke richting ze wordt geduwd. Ze heeft toegestaan dat haar vader en moeder werden vermoord.'

'Laat haar in de gevangenis in de stad. Ook al hebt u misschien gelijk; misschien is die inkeer niets waard.'

Giacinta had maandenlang gewacht, zonder ook maar een nacht te slapen, tot Mauro Mamùsa haar zou verminken net als hij met haar vader had gedaan. En Mauro verminkte haar keer op keer, en liet haar achter met die glazige, peilloze blik die zijn effect op de mannen niet miste, zelfs niet al ze haar lelijk vonden. Nu kijkt ze dagenlang naar de vaste sterren in de lucht, zonder te eten en zich te wassen, want van haar lichaam wil ze niets meer weten.

De oude vrouwen in de stad, die gewend zijn in hun gebeden kwalen en sombere gedachten in te ruilen voor nog een paar dagen voedsel, spijsvertering en ontlasting, zijn blij dat een jong mens zonder grijze haren en zonder één rimpel eerder is gestorven dan zij.

Aan Mintonio denken ze niet, van de terechtgestelden herinneren ze zich alleen die jonge, bleke, met zijn teint als van een witte gladiool, die zo trilde.

Maar toch bidden ze, zittend voor de vuurkorf, terwijl de saus inkookt, de kikkererwten zacht worden en het merg, waar ze naar verlangen alsof ze er weer vruchtbaar van kunnen worden, loskookt uit het bot.

Na twee dagen reizen over de oostelijke weg van het eiland is de moeder van Mamùsa in de stad gearriveerd om het gebroken lichaam van haar zoon op te halen.

Ze spreekt niet meer.

Ze is opgehouden met spreken toen ze Mauro zag, wit als een zeil op de houten vloer van het mortuarium van de veroordeelden, en als een zeil heeft ze hem zien wegglijden toen ze de kist dichtdeden.

Er is iets, ze moet er almaar aan denken, er is iets in de dood van haar zoon wat op zijn geboorte lijkt. Bij beide was zijn vader niet aanwezig. Bloederige gebeurtenissen lopen altijd via de moeder. Nu ze de kist dicht hebben gedaan, voelt ze aanvaarding, overgave, alsof de jonge man is gestorven met de troostrijke gedachte dat zijn moeder al het lijden op haar schouders heeft genomen. Ze is er daarom zeker van dat Mauro aan haar heeft gedacht en minder heeft geleden door zijn pijn aan haar over te dragen, en daar is ze opgelucht over.

Ze wil niet met Giacinta praten, want die heeft geen kinde-

184

ren gekregen. Als dat anders was geweest, zouden de dingen niet zo zijn gegaan.

Maar iemand heeft haar verteld dat de oude Michela Làconi zich in een groot huis in de stad conserveert, eeuwig, onverwoestbaar en gezond, en ze verlangt ernaar een paar woorden met haar te wisselen, ook al is haar schaamte groter dan het verlangen en zou ze liever de stad uit vluchten.

'Ik kom nooit buiten, mevrouw Mamùsa, en de gebeurtenissen stoppen voor mijn huisdeur. Soms kloppen ze aan, maar dan kijk ik door mijn spionnetje en doe niet open.'

'Mauro was verliefd op uw kleindochter.'

'Mijn kleindochter? Haar verhaal komt dit huis ook niet in. Ik wil er niets over horen. Doe net als ik. Onze hoofden zijn gemaakt om te vergeten. Ik vergeet alles en slaap goed. Houd de dingen verre van u en de dingen zullen u geen pijn doen. Kijkt u maar naar mijn huid. Ik drink elke dag versterkende zouten in een glas water uit mijn put. Hier komt de verlamming niet binnen die om deze stad van veelvraten heen fladdert. Ik geef geen afval aan de meeuwen. De kakkerlakken komen niet binnen om kruimels en vieze pannen te zoeken. Er is geen boter, geen wijn, niets wat het brein verduistert. De enige duisternis die ik toelaat is die van de slaap.'

'De onverbiddelijke dood treft ook jonge mensen, donna Michela.'

'Een jong mens dat sterft is een belediging van de natuur en soms zoeken jonge mensen de dood op. Ik beledig de natuur niet. Integendeel, ik bid elke dag tot de natuur, dat weet iedereen.'

Haar aardachtige lijfje schokt. Ze heeft net gegeten en ze verzaakt haar lichaamsfuncties nooit. Ze valt achterover in haar stoel en valt in slaap met één oog strak op de oude mevrouw Mamùsa gericht; die gaat weg bij Michela Làconi en haar leven in afzondering, dat toch nog altijd leven is.

29

In het dorp aan de andere kant van de zee gebruikt niemand schoenen, en die blote voeten hebben de straten zo glad gemaakt als satijn. De grond wordt niet door schoeisel geschonden en voor de inwoners van het dorp zijn voeten de verbinding tussen hemel, water en aarde. Van de straten en lemen huizen in Erhehàs is alles wat ruw was weg. Wanneer het regent, maar het regent hier in de woestijn nooit, kunnen voeten en aarde het even goed met elkaar vinden, nog beter zelfs, want modder wordt gezien als een vertedering van de grond die zich dan nog beter aanpast aan de boog van de voetzool, waarop zich geen eelt vormt in Erhehàs. Zodoende zijn de voeten van de rijksten gelijk aan die van de armsten en iedere voet heeft een uitdrukking die ontstemdheid, blijdschap of verdriet laat zien.

Er groeien sappige papavers bij de Hat-oase en door een heel stelsel van ondergrondse kanaaltjes wordt water aangevoerd.

De vermeende vader van Maria, de oude Elam He 'Ftha, gaat elke morgen op stap met Perseo, wiens rode golven wit en stijl zijn geworden. Hij heeft te veel meegemaakt en hij heeft nu het haar van een bange man.

Uit angst is hij, zodra hij uit de gevangenis kwam, samen met Maria gevlucht en hij weet niets over ophangingen en bekentenissen. Domenico Zonza heeft ze overgevaren naar het nabije Afrika, ze zijn aan land gegaan bij de stad die het spiegelbeeld is van die andere, en tijdens de overtocht hebben ze de droeve gebeurtenissen opgehaald die begonnen met de vondst van de arm in de boot van de visser. Daarna hebben ze op een kar het okergele dorp van de barrevoetse boeren bereikt.

Ze hebben de mummie van Hana Meir meegebracht, die er nu uitziet als een oude ooievaar en op haar man Elam lijkt. Maar niemand kijkt er nog naar want Elam heeft haar in een laken gewikkeld en onder de grond te weken gelegd tussen twee hoofdkanalen die water naar de plantage voeren. Zo krijgt ze haar soepelheid terug, gaat ze er beter uitzien en krijgt ze ook een beetje van het slaapbolsap.

Maria's donkere huid en de geur van welriekende oliën die zij verspreidt, kalmeren Perseo.

'Maria, die keiharde kerel van een Belasco heeft me geschreven. Mamùsa is terechtgesteld en ook die arme donder van de graven. Hij schrijft dat het een koude decembermorgen was en dat ze rilden. Ik zou nooit, maar dan ook nooit, zijn gaan kijken hoe ze werden opgehangen. Ik had het kunnen zijn... mijn lichaam had daar kunnen bungelen...'

En zijn haren worden nog wat witter.

'En Giacinta?'

Perseo antwoordt niet, zijn voeten krommen zich zoals op een crucifix.

Maria He 'Ftha vangt het licht op en kaatst het dan terug. Dat stralen heeft Perseo in leven gehouden. Het gebruik van zijn lichaam heeft een kalmerende werking. Hij begint in alle vroegte, pauzeert als de zon hoog staat, en gaat aan het eind van de middag door. Hij doet elke dag halverwege de ochtend een dutje en zegt dat het de slaap der rechtvaardigen is, een louterende slaap zoals van de onsterfelijke oude vrouw.

Vandaag is hij in slaap gevallen op een bed van muizenstaarten. Maria maakt hem wakker en als hij zijn ogen opslaat, ziet hij de donkere zuiltjes van haar enkels en denkt dat je er witte vleugeltjes aan zou kunnen bevestigen om haar het leven lichter te maken.

Hij blijft op de grond liggen, waaruit hij de warmte voelt opstijgen, en kijkt naar de hemel en de benen van Maria, en zo vergeet hij de angst, al voelt hij hem soms diep in zijn vlees knagen.

Efisio duwt het laken opzij en kijkt naar haar: haar sleutelbeenderen doen hem denken aan de f-gaten van een viool. In de winter is Matildes oranje blik bleker. Alles is trouwens verbleekt.

Ze is in slaap gevallen.

De laatste maanden is ze minder in Efisio's gedachten geweest, daar denkt hij nu over na, daarom kijkt hij naar haar en zwijgt. Ook haar schoonheid, haar geur brengen geen emotie bij hem teweeg. Maar dat is geen onverschilligheid. Het punt is dat hij geen moeite meer voor haar hoeft te doen, en zijn gevoelens zijn zwakker geworden, zijn emoties in slaap gesukkeld. Hij heeft zelfs het gouden haarspeldje in zee gegooid. Typische mannenmanier van denken en doen. Maar, zegt hij tegen zichzelf, waarom zou het niet zo moeten zijn? Het betekent trouwens niet dat hij geen aan liefde grenzend respect voor haar voelt. Hij begeert haar, en dat is vanzelfsprekend, hij wil dat ze naar hem luistert en naar hem kijkt en hij zou graag met haar pronken, ja, ook pronken. Maar zij vindt zichzelf te bijzonder, om haar zeldzame teint misschien, en ze blijft gescheiden van hem, en anders.

Hij is ervan overtuigd, en hij denkt aan Mauro en Giacinta, dat er voor elke lor van een vent wel een vrouw is die hem adoreert. Zelfs de grootste idioot, de grootste boef, de grootste armoedzaaier heeft een vrouw die zich aan hem vastklampt, bewondert en verzorgt.

Door zijn bloed te mengen met het exotische bloed van Matilde, na dat van Carmina, is hij uiteindelijk van beiden vervreemd, en nu is hij een eenzame leugenaar geworden.

Matilde is geen brandfakkel, integendeel, denkt hij terwijl

hij naar haar kijkt, ze is een frisse, geurige bries; daarom heeft hij ook nergens brandplekken. Maar nu vindt hij al dat licht een stuk bleker, en opeens verlangt hij naar huis, ook al wil hij Carmina's geklaag niet horen en heeft hij ook geen zin in gemakzuchtig geknuffel met Rosa en Vittore. Hij wil geen geklaag aan zijn hoofd en hij wil geen pijn delen. Belasco heeft tegen hem gezegd dat hij, Efisio, prikkelbaar is, dat het niet goed met hem gaat, dat zie je zo.

De gedekte tafel in huize Marchi weergalmt niet als de tafel waarachter hij als rechter zit. En er is geen spoortje juridische stoffigheid in huis. Ook achter zijn bord is hij van papiermaché, maar thuis bij zijn gezin blaast hij niet de bazuin van het oordeel. Zijn echtgenote is een klein, dik vrouwtje met dikke vingers, van een lokaal, zwijgzaam ras omdat het weinig te zeggen heeft.

De koude lamskoppen die doormidden zijn gesneden, voor ieder een helft, worden door het licht van de vele kaarsen niet opnieuw tot leven gebracht.

'U bent een harde, dokter Marini.'

'Ik, meneer de rechter?'

'U eet ook het oog op.'

'Dat is een gewoonte. Ik bewaar de tong voor het laatst. Bij ons thuis bestond er een vaste volgorde voor het eten van lamskoppen en daar houd ik me nog steeds aan. Als we de koppen op hadden, moesten we, volgens mijn grootvader, onze mond schoonmaken met selderij en wijn. Dat ontvet, zei hij. En hier op tafel is er selderij en wijn.'

Dat idee van een vaste orde bevalt Belasco, die voor het avondeten zijn avondstem heeft opgezet, laag, koperkleurig en standvastig: 'Edelachtbare, de orde die dokter Marini aanhoudt bij het eten is dezelfde orde die hij in de dingen probeert te ontdekken.'

Marchi heeft zijn halve lamskop op: 'We hebben allemaal

naar een orde in de gebeurtenissen gezocht.'

Efisio kauwt op een malse selderijstengel, hij slikt en zegt dan: 'Ach, orde is voor mij een natuurlijke vereiste, meneer de rechter. Ik zoek die om het toeval te bestrijden, en orde kalmeert mij. Alles is toevallig en wij, nietige wezens die we zijn, zijn almaar bezig de dingen in hokjes te stoppen... Ik probeer dat ook. Maar op de keper beschouwd gebeurt alles, ook wat we hadden ingecalculeerd, toevallig.'

Marchi kijkt al pratend naar zijn mooie oudemannenhanden: 'Daar ben ik het niet mee eens. Mamùsa was niet toevallig een moordenaar. Ziet u, ik ben tweeënzestig jaar en al heel lang koester ik een angst. Namelijk om iemand te moeten zien hangen die ik zelf tot die straf heb veroordeeld. Maar ik verzeker u dat ik de ochtend van de executie een kalme oude man was. Hier werd geen recht gedaan op grond van toeval, dit waren de onvermijdelijke gevolgen van gepleegde misdrijven. Gevolgen, gevolgen...'

'Waarom zei u "een kalme oude man"?' valt Efisio hem in de rede, en hij kijkt Marchi in de ogen.

'Omdat ik oud ben en als oude man denk je aldoor aan hetzelfde – u zou moeten weten wat ik bedoel – en heb je meer rust nodig. Ik heb lang nagedacht voor ik besloot welke straf ik zou opleggen, ik ben een week mijn kamer niet uit geweest, mijn vrouw bracht me te eten. Ik had elke dag een leeg vel papier voor me, ik begon van voor af aan en schreef uiteindelijk telkens hetzelfde op het papier van het Gerecht des Konings. Kortom, dat vonnis was zo rechtvaardig, afgewogen, bijna harmonieus dat mijn oude angst is verdwenen. Ja, in dat vonnis tegen Mamùsa zat harmonie, geen toeval.'

'En Mintonio?' vraagt Efisio.

'Mintonio was ook een mens en had de plichten van een mens. Dus verdiende hij de straf die mensen krijgen die moorden, verminken en verwoesten zoals hij heeft gedaan.'

'En Giacinta?'

'Die heeft niet gemoord.'

Niemand wil er eigenlijk over praten want niemand begrijpt wat er door Giacinta Làconi's hoofd ging. Zelfs voor de wet is niet geheel duidelijk wat haar te verwijten valt. Maar Efisio denkt terug aan de zwarte, vertwijfelde ogen van de vrouw en stopt met eten.

'Ziet u, meneer de rechter, voor de wet zal het van geen belang zijn, maar ik geloof dat alles wat Giacinta Làconi heeft gedaan, was ingegeven door een ziekelijke vorm van liefde. Liefde kan een ziekte worden, dat weten we allemaal, en kan tot destructie leiden, dat is ook bekend. Ja, Giacinta had haar opium gevonden. Haar laudanum waren de afspraakjes, een groot geheim waarover we niets te weten zullen komen, met de bleke Mamùsa, die voor haar een god was en een aap die haar besprong. En de herinneringen aan die afspraakjes zullen nooit ophouden te bestaan: ze zullen haar in leven houden, gek maar levend. Zij is de vrouw die het meest heeft geleden. Misschien was haar liefde wel de volmaakte liefde, die niet verandert en onveranderd blijft voortduren. Wij kennen slechts de vermoedelijke feiten maar dat is niet hetzelfde als de waarheid.'

Belasco heeft nog nooit over de liefde gesproken, hij is gegeneerd en speelt met de kruimels op het tafelkleed: 'Ik denk dat Giacinta's liefde wel een andere vorm heeft aangenomen. Dat is gebeurd toen ze bekende en Mamùsa beschuldigde, ja, dat was het moment. En nu heeft ze alleen herinneringen en dromen die haar achtervolgen. Sommige dingen zijn te groot om in een hoofd te passen. Ze moest ze er wel uitlaten en toen heeft ze gepraat.'

Efisio geeft niet op, maar hij houdt zijn wijsvinger thuis: 'Ook Giacinta's bekentenis was liefde, haat maakt ook deel uit van de liefde. Zij wilde Mauro Mamùsa zuiveren, ze wilde hem redden door te bekennen en hem daarna terugnemen. Als zij niet had gepraat zouden wij nu nog de stad aflopen op zoek naar schuldigen en mooie theorieën verzinnen…'

Marchi drinkt in een teug zijn glas wijn leeg: 'Door een ziekte getroffen… Ja, die vrouw is ziek. U zegt dat het een ziekelijke liefde was, zeker, maar die was niet onveranderlijk, zoals u denkt. Ze werd geplaagd door berouw. Giacinta was een zieke vrouw… Wat ze voelde, wat er door haar heen ging, was te veel om te bevatten en het moest er op een of andere manier uit, dat klopt, Belasco. En inderdaad, ze heeft gepraat. Mogelijk om Mamùsa te verlossen van de misdaad, maar ze heeft gepraat. U hebt gelijk, dokter Marini, wij moeten genoegen nemen met dingen die waarschijnlijk zijn. En toen Mamùsa bij Giacinta was weggehaald, is ze blijven praten, heeft ze afschuwelijke details verteld en ten slotte…'

Efisio heeft zijn wijn ook op: 'Is ze gek geworden.'

'Ja, Efisio, over drie dagen vertrek ik naar Napels, ik heb werk gevonden in een koor.'

'Je hebt een mooie stem, Lia. En dit is een stad zonder bestemming.'

'Zonder opium heb ik geen mooie stem.'

'Ben je ermee gestopt?'

'Om de vier, vijf, soms zeven dagen, doe ik het laatje open en kijk naar het bruine flesje met laudanum. En dan giet ik er soms lepels van naar binnen. Als ik die koelte in mijn buik begin te voelen is dat het teken dat het begint te werken… dan is alles goed. Maar het zal me lukken om te stoppen.'

'Denk aan je stem, je stem.'

30

Het regent uit rokerige wolken. De glanzende keien zijn glibberig en alle barsten in de muren zwellen op. In de laag-gelegen wijken drinken de kraaien uit de plassen en in de bovenstad blijft een romige mist hangen. Het moeras en de zee hebben dezelfde mistroostige metaalkleur. Dat ziet Efisio door de ramen van het café.

'Warme melk en koekjes.'

De vloer van het café ligt vol stro en ruikt naar stal. Een bordeelachtige lauwte. Veel lampen en te veel mensen. Efi-sio vindt dat er daarbinnen altijd te veel mensen zijn die vluchten voor de kou of de warmte, maar hoe dan ook vluch-ten, en die tegen andermans elleboog aan schurken om niet alleen te zijn, want ze houden niet van eenzaamheid in deze stad. Lang alleen zijn, zeggen ze, is vreemd, altijd alleen is krankzinnig.

Efisio is alleen en schrijft. Hij stopt even om koekjes in zijn lauwe melk te dopen. Hij herschrijft in zijn eigen tekentaal al wekenlang steeds dezelfde gebeurtenissen, die beginnen met de doodschrik van advocaat Làconi en eindigen met de dood aan de galg, misschien ook wel van schrik, van Mamùsa en de heuvelbewoner Mintonio.

Hij heeft de feiten op een vel papier gereduceerd tot een myriade van pijlen die de namen met elkaar verbinden, en langzaam maar zeker hebben de pijlen zich als een doornen-kroon om een enkele naam gerangschikt. Als hij daar is aan-gekomen recapituleert hij alles maar dan vormt zich opnieuw de kroon van blauwe inkt en die wijst opnieuw naar dezelfde naam.

Matilde komt binnen met haar verloofde Stefano. Efisio ziet haar glinstering en besluit dat hij maar beter helemaal niet op kan kijken. Hij speelt almaar op zijn vreemde manier met hetzelfde idee.

Er is iets onafs aan de dood van Mauro Mamùsa, ook al heeft rechter Marchi hem met een harde klap op tafel juridisch volmaakt genoemd. Voor Efisio is het geen dood die de gebeurtenissen afsluit. En ook het begin van de feiten, de dood van Giovanni Làconi, is niet het echte begin. Alles moet al eerder zijn begonnen.

De jonge Mamùsa heeft Giacinta laten bekennen, heeft Belasco, Marchi, Testa laten praten, heeft de mensen laten praten, en die praten nog steeds, maar hij heeft nooit nee gezegd, het is niet waar. Hij heeft nooit ontkend. Het proces heeft twee maanden geduurd. De bekentenis van Giacinta was voor Mamùsa een hindernis die hij misschien, diep vanbinnen, te groot vond om zich nog tegen te verweren.

Belasco komt doornat binnen, ziet Efisio en gaat bij hem aan tafel zitten.

'Iets wat met de dood van Mamùsa niet is afgesloten?' Belasco leunt naar voren: 'Gaat u nu twijfelen, dokter Marini, nú?'

'Ja, majoor, en weet wel dat het niet alleen mijn intuïtie is die me dat ingeeft.'

Het keurige brein van Belasco werkt altijd als één geheel, het is een vertrouwd, altijd brandend haardvuur dat de dingen om hem heen verwarmt maar niet in brand zet.

'Dokter, bent u er nou wel of niet van overtuigd dat Mamùsa vier keer heeft gemoord? Dat hij één, misschien twee keer hulp heeft gevraagd van Mintonio omdat hij een volwassen man moest doden? Dat Giacinta bij herhaling vreselijke waarheden heeft verteld die nooit door Mamùsa zijn ontkend? Bent u daarvan overtuigd? U hebt zelf, zeker van uw zaak, een risico genomen toen u Giacinta's weerstand brak...'

'Giacinta's weerstand was al gebroken, ze lag al aan diggelen... Ze hebben haar vader vermoord en daarna haar moeder en ze hebben haar alles aangedaan wat ze haar maar aan konden doen...'

'U hebt Mauro Mamùsa uit zijn tent gelokt. U had in de gaten hoe breekbaar Giacinta was en u vermoedde dat haar zonde haar waanzinnig had gemaakt. Of wilde u alleen uw theorie testen?'

'Ik was er wel degelijk zeker van. Die man was een moordenaar uit roeping, een telg uit een oud moordenaarsgeslacht, uit een moordenaarsdorp. En Giacinta is een verloren ziel die heeft toegelaten dat de mensen die haar op de wereld hadden gezet, zijn vermoord. En toch is er iets onafs aan ons werk.'

'Hoe bedoelt u, onaf?'

'Ik ben ervan overtuigd dat Mamùsa niet intelligent genoeg was om een plan te smeden, om zo'n crimineel fresco te schilderen.... En ik vind ook dat hij niet erg slim heeft gehandeld. Hij had met Giacinta kunnen trouwen, een paar jaar wachten tot de oude vrouw stierf, de eigenaar van het vermogen worden en een proces beginnen tegen degenen die toelages van de Làconi's krijgen. Kortom, hij heeft niet alleen zijn eigen glazen ingegooid, maar nog bloed vergoten ook. Die hele reeks van schimmige gewelddaden komt voor zijn rekening, en alleen voor de zijne. En dan was er ook nog het genot van zijn heerschappij over de lichamen, dat van Giacinta en dat van de doden waar Mamùsa zich heer en meester over voelde.'

Efisio is moe: 'Maar ik denk dat de daden van Mauro Mamùsa gehoorzaamden aan een logica die niet de zijne was... Hij was geen logische man.'

'Wat bedoelt u?'

'Denkt u maar aan de route die het geld van Giovanni Làconi heeft afgelegd, volg de geur van het geld. Het heeft zijn cyclus, die we nu wel natuurlijk kunnen noemen, doorlopen en is teruggekeerd naar waar het vandaan kwam. Alles komt op natuurlijke wijze bij elkaar, wat wij nooit hebben opgemerkt, al gebeurde het pal voor onze neus.'

'Dokter Marini, u heeft allemaal namen en pijlen op dat vel papier gezet, mag ik dat zien?'

'Nou, de namen kent u, de feiten ook... Kijkt u maar waar de pijlen samenkomen. Het denken heeft ze gestuurd. Lees de naam.'

Belasco pakt het vel papier. Hij kijkt er langdurig naar en volgt de punten van de blauwe pijltjes. Daarna kijkt hij naar Efisio, schuift zijn stoel naar achteren, voelt alle harten om zich heen snel kloppen, haalt diep adem en fluistert: 'Efisio Marini, ik stik hier binnen... ik ga naar buiten. Een hele familie...'

De cel is laag en er valt alleen een straaltje licht door het tralieraampje. Het is koud. Giacinta Làconi heeft een muffe deken om zich heen geslagen en kijkt met hondenogen naar Efisio, dankbaar maar kleurloos, en ze praat onafgebroken – ze praatte al toen hij binnenkwam – over niets anders dan haar onophoudelijke verdriet: '... Mooi, wat was het mooi toen ik mijn zintuigen niet meer van elkaar kon onderscheiden. Ik onderscheidde de mijne niet eens meer van de zijne, zijn geur niet meer van de mijne... Dat weet ik nog precies. Ze liepen door elkaar en het was voor mij net alsof ik naar het begin van de dingen terugkeerde. Ze droegen vrucht en ik leed telkens weer om hetzelfde genot te ervaren. Ik was verbonden met een veilig bloed. Hij had me mee moeten nemen, desnoods om me te martelen, maar hij had me mee moeten nemen. Hij trok me aan met zijn warmte. Ik ben nog steeds boos, daarom heb ik hoofdpijn, dat gaat alleen over als mijn neus bloedt. Ik stel mezelf een vraag, ik weet niet eens welke… Ik raak in de war, en ik ken het antwoord net zoals ik de vraag ken, ik begrijp er niets van.

Vandaag zag ik hem ineens toen ik me omdraaide. "Kom…" Dat "kom" hoor ik steeds weer. Ik weet dat er krachten zijn die de aarde verplaatsen. Het was alsof ik werd opgegeten, maar zonder pijn. Hij kamde mijn haar met zijn vingers. Wat had hij voor stem? Tegen mij had hij geen kalme stem. En ik weet dat ik na afloop het gevoel had dat ik niet voor niets geboren was, en niet voor niets leefde. Ik werd opgegeten, maar ik voedde me. Maar ik die niets aan zie komen, zag aankomen dat ik ongelukkig werd…'

Als Efisio buitenkomt, motregent het nog steeds en de hemel is hoger dan gewoonlijk.

Toen hij haar achterliet, ging ze nog steeds door met haar stekende herinneringen. Een zin van haar speelt almaar door zijn hoofd: *En na afloop had ik het gevoel dat ik niet voor niets geboren was, en niet voor niets leefde.* Hij bedenkt plotseling dat alles wat hij doet, stenen mummies maken en die conserveren, nergens toe zal leiden, en dan krimpt hij ineen. Giacinta was er echt in geslaagd de angst op afstand te houden, zij wel, maar slechts voor even, en ze had haar vlees gebruikt. Maar ze is gek geworden. Des te beter, er was immers geen dood meer over om haar toe te dienen.

Hij komt bij zijn huis aan. Hij kijkt vanaf de straat naar zijn ramen, blijft staan, denkt even na en loopt dan door.

31

De vierde dag is het opgehouden met regenen. Het naakte licht van de noordenwind heeft elke nevel uit de lucht verdreven en de monumentale deur van Michela Làconi's huis schittert en blinkt. Efisio staat daar al enkele minuten, hij kijkt naar de deur, die te groot is voor de oude vrouw, en het lijkt wel of dit de toegang is tot de eeuwigheid die zij zich heeft toegeëigend. Hij klopt.

'Efisio, van de zomer was je knapper, magerder, minder vlees.'

Michela zit, zwaar geparfumeerd omdat ze niets moet hebben van haar eigen geur, in de fluwelen stoel waarin een versleten afdruk staat van haar botjes: 'Ik wil me niets herinneren, maar jij bent hier naartoe gekomen om me ergens aan te herinneren, hè? Of kom je nog meer conserveringszouten brengen?'

'Herinneren.'

'Ik wil niets weten over Giacinta. Over zeven jaar komt ze uit de gevangenis. Dan is ze veertig en ik honderd en dan ga ik tussen de middag bij haar eten, daarna brengt ze me thuis en ga ik door.'

'U gaat door?'

'Ik ga door met te zijn wie ik ben. Ik wil geen pijn, niet in mijn gewrichten, en ook niet in mijn hart. Ik weet hoe ik dat kan vermijden. Laat mij maar mijn gang gaan. Als je over die Mamùsa wilt praten... laat dan maar want ik wist het, ik wist dat hij niet goed was voor Giacinta, hij had een dierlijke geur en hoektanden als een kat. Mensen die worden opgehangen zijn meteen dood, als het goed gedaan wordt, hij heeft niet geleden. Ik heb zijn moeder gesproken. Zij is ook schuldig als ze zo'n zoon op de wereld heeft gezet.'

Michela's neusvleugeltjes trillen: 'De ophanging van die twee is al weer een oud verhaal en ik ben het al vergeten. Er zijn inmiddels heel wat weken verstreken en het is belangrijk om de tijd op zo'n manier door te brengen dat het geen pijn doet. Herinneren doet pijn. Jou doet het ook pijn, je hebt er een rimpel bij, Efisio.'

De oude vrouw heeft al gegeten en al geslapen. Efisio weet dat, daarom is hij 's middags gekomen, en nu zoekt hij een opening.

'Michela Làconi, u bent een kluis, iedereen zegt dat. Maar zijn er volgens u onder de dingen die u bewaart geen herinneringen?'

'Nee, alleen nuttige dingen en ik ken geen nuttige herinneringen,' antwoordt ze rimpelig en gefronst.

'Donna Michela, u herinnert zich dus niet of u op een ochtend samen met advocaat Mamùsa bent langsgegaan bij don Migòni?'

'Ik ben alleen bij don Migòni langsgegaan, ik heb geen chaperonne nodig.'

'En hebt u hem een versterkend middel gebracht?'

'Een beetje van jouw zouten.'

'En zaten mijn zouten in een fles?'

'Ja, met water uit mijn waterput en sap van de citroenen uit mijn tuin.'

'En zat er verder niets in? Alleen water, citroen en mijn zouten? Luister, donna Michela.'

Ze draait haar rechteroortje naar hem toe.

'Tijdens het proces heeft Mamùsa niet ontkend dat ook hij, ik zeg ook hij, een fles met half citroenlimonade half lauda-

199

num aan de eerwaarde Migòni cadeau heeft gedaan.'

'Ik heb hem die fles gegeven, Efisio, om 'm aan de priester cadeau te doen.'

'Dus Migòni heeft twee flessen van u gekregen: een die u zelf hebt gebracht en een die Mamùsa heeft gebracht. Alle twee een cadeau van u, want u hebt water uit de wonderput en citroenen in overvloed. En het laudanum?'

Efisio herhaalt harder: 'En het laudanum? Deed u dat erin?'

Michela glimlacht, klapt in haar handen en knikt ja: 'Wie weet hoeveel flessen hij cadeau kreeg... en niet alleen flessen, aan zijn onderkinnen te zien en de kuiltjes die hij in zijn handen had. Hij had mijn mengsel trouwens al eens geproefd bij mij thuis... Hij zat waar jij nu zit... Een heel glas! Hij is hier begonnen met drinken...'

'Uw mengsel... mengsel... noemt u het een mengsel?'

'En wat heeft hij er niet van gedronken! Ik ben hier begonnen hem eraan te laten wennen en je raakt er snel aan gewend, dat weet je. Hij zat waar jij nu zit maar hij zakte helemaal weg in de stoel omdat hij moddervet was. Het vlees is slechts vlees, Efisio. Er is domorenvlees, er is slimmerikenvlees, er is priestervlees en nog veel meer, maar vlees blijft het. Je kunt beter niets te maken hebben met het vlees. Kijk maar hoe het met Giacinta is afgelopen.'

Efisio staat op.

'Waarom sta je op? Ga je weg?'

'Nee.'

'Dan wil je dus indruk maken, mannen gaan graag staan om indruk te maken.'

Hij staat stil en kijkt een tijd naar haar, zoals je naar een schilderij, een beeld kijkt, tot in alle details, alsof je iets zoekt.

'Donna Michela, weet u wat ik denk?'

'En of ik dat weet. Maar je wilt het me zo graag vertellen dat ik naar je zal luisteren.'

Efisio schudt zijn lok los: 'In de eerste fles zat een dosis opium die hem genot verschafte zonder dat hij ook maar in de verste verte begreep hoe dat kwam. In de tweede heeft de priester, in de hoop dat hij datzelfde genot opnieuw zou vinden, de ideale manier van overgaan gevonden, de dood die zo hoog vliegt dat wie sterft niet meer weet wie hij is, noch waar hij is... hij is blij. Knap gedaan, donna Michela, heel knap. En u heeft het hem hier laten proeven, bij u thuis... Knap...'

Hij loopt op en neer en als het kon zou hij tegen de muren op lopen.

'De opium komt niet uit het water van uw put.'

'De opium komt uit de stad aan de andere kant van de zee, dat weet jij ook.'

'En volgens uw theorie van de natuurlijke spaarzaamheid zijn wij water en aarde.'

'En dat is genoeg. Als een mens weet waaruit hij bestaat, heeft hij niets anders nodig. Hij geeft en neemt water, geeft en neemt een beetje substantie. Maar je moet wel opletten, het is een hele klus.'

'En terwijl u water en materie doseerde, liep de opiumhandel via u en uw zoon. En samen gaf u bevelen aan een hofhouding van kleine en grote zondaars.'

De oude vrouw praat niet en doet gymnastiek met haar armen en benen in de lucht, net als baby's doen. Volgens haar gezondheidstheorie stuurt ze zo haar bloed daarheen waar zij het wil hebben. Dan stopt ze omdat ze bloed nodig heeft voor haar hoofd, en dus masseert ze haar slapen.

Efisio ziet om de oude vrouw heen een lichte kring van energie die haar mager en rechtop houdt.

'Als ze uw spijsverteringssysteem zouden omkeren, zou het u niets uitmaken, hè, donna Michela? Als ze bij u een long, een nier, een oog zouden wegnemen, zou u doorgaan...'

'Heel goed! Een oog, een long... dat zou alleen maar besparing zijn... Ik ben gemaakt om door te gaan, en jij hebt begrepen dat ik slecht ben, daarom ga ik door. Maar jou geef ik geen citroenlimonade te drinken, want jij bent slim...'

Om bij de waterput te komen moet je door het huis heen en Michela neemt hem aan de hand mee. In de emmer hangt een soeplepel, en de oude vrouw drinkt met haar ogen dicht een beetje water. Ze voelt direct dat haar sponsachtige weefsels het opnemen en overhevelen naar haar bloed.

'Zie je, Efisio Marini, in dit water moeten zouten zitten die op de jouwe lijken. Ik ben mezelf aan het mummificeren, dat realiseer ik me heus wel. Maar ik weet ze te doseren en ik probeer te voorkomen dat ze ook mijn hoofd en andere organen verharden. Mijn organen zijn dat waarin ik geloof. En verder geloof ik in wat ik bezit. Dat is heel veel, hoor, in deze stad van armoedzaaiers.'

Efisio's wijsvinger geeft pijn aan: 'U wilt dat uw lichaam ongeschonden is, dat is normaal want het lichaam wil dat zelf, streeft daarnaar. Daarom heeft het zich, nadat u Giovanni had gebaard, meteen weer achter hem gesloten. Voor altijd gesloten. U heeft zich niet voortgeplant omdat zoogdieren een aandrift hebben om zich voort te planten, maar omdat u uw uitzet van nuttige dingen volledig moest maken. En die uitzet is daarna uitgebreid. U hebt geleerd zaken te doen, besparingen, zoals u het noemt. U gebruikte Marciàlis, Luxòro en Cancello, maar dat is het ergste niet...'

Hij kijkt naar de grond: 'U hebt toegelaten dat Mamùsa Giacinta bezoedelde, en dat is heel erg, want het lichaam is alles, zoals u zelf zei. Maar Mamùsa had uw intelligente botjes nodig, hij wist dat hij een beest was, en niet meer dan dat.

Hij buigt voorover: 'U hebt hem uitgelegd hoe hij Tea moest doden, die niets moest hebben van opium, en hij heeft haar uit het raam gegooid. Daarna Fois Caraffa en don Migòni, die stilletjes zijn doodgegaan. Drie mooie sterfgevallen. Daarna heeft u ervoor gezorgd dat Giacinta zich, gek van wroeging, tegen Mamùsa keerde en hem aan de galg bracht. Nu heeft u een geesteszieke kleindochter die geen enkel recht zal hebben op uw erfenis. Alles is van u, nu. Maar…' Hij stopt, ademt in, wrijft in zijn ogen.

'Ga door, Efisio, ga door.'

Het toeval heeft Michela het leven geschonken, het heeft haar zonder ziektes oud laten worden, maar nu stelt zelfs het toeval zich een grens. Efisio heeft het warm: 'Maar vooral heeft u Mamùsa, het beest, opgedragen uw eigen zoon te vermoorden.'

Michela kijkt in de emmer.

Efisio vervolgt zachtjes, alsof hij biecht: 'Alleen al van het praten erover word ik moe en zwak. U bent gek. U hebt hem op de wereld gezet na hem negen maanden in ecn droog vlies te hebben gedragen, u hebt oin hem te baren een paar spatjes bloed verloren, u hebt hem gevoed, een beetje, opgevoed, een beetje, en ten slotte is alles weer bij u teruggekomen. En ik had het niet begrepen, want gekken zijn moeilijk te begrijpen… Maar ook gekken zijn sterfelijk.'

Michela zucht diep, nipt aan het water uit de emmer: 'Ik had drie vrouwen om me heen die me na de bevalling hebben gewassen en de kamer hebben schoongemaakt. Wat was er een hoop vuiligheid uit me gekomen. Alles in het volle licht, op een julimorgen. Zag mijn zoon Giovanni eruit als een man die in juli is geboren?'

Efisio heeft geen zin meer om te praten, zijn tong voelt nutteloos, zwaar: 'Ik zou u een straf willen opleggen, Michela Làconi.'

Achter de gesloten mond van de oude vrouw begint het te roeren, alsof de aardkost over vloeiende lava schuift.

Zij begrijpt nog niet dat de versnelling van de ademhaling en het hart, een onverhoedse reeks veranderingen die ze waarneemt maar niet begrijpt, symptomen zijn van de angst die bij iedereen is langs geweest en nu eindelijk bij Michela uitkomt. De schrik vergiftigt haar en het voelt alsof er binnen in haar een mierenhoop zit met duizenden donkere gangen.

Efisio is verbijsterd dat de vrouw niet antwoordt maar, haar rechterarm vasthoudend, naar een stoeltje in een hoek van de binnenplaats dribbelt waar ze gaat zitten en snel ademhaalt. Ze staart in het oneindige, waarvandaan de verlamming komt opzetten, en ze houdt haar mond open.

'U die de natuur aanbidt, uitgerekend u, donna Michela…'

Hij stopt omdat de inwendige veranderingen van de oude vrouw plotseling naar buiten komen en zichtbaar worden. De vrouw valt van haar stoel. Hij herkent de ziekte, loopt naar Michela toe, pakt haar op en draagt haar in zijn armen naar haar witte bed.

Hij opent de luiken, de zon valt binnen en verlicht elk detail.

In een lichaamshelft van Michela voltrekt zich wat ze steeds had vermeden door water uit de put te drinken. Maar de put is niet diep genoeg en een zijde, een hele zijde is ermee opgehouden.

'Vertelt u mij het enige wat ik niet begrijp, voor u voorgoed uw spraak kwijt bent.'

'Nee, nee, je begrijpt het wel.'

Efisio kiest zijn woorden zo kaal mogelijk: 'Waarom hebt u de arm van uw zoon af laten hakken? Alstublieft…'

Ergens in Michela's hoofd loopt, pijnloos, het gebruik van de woorden spaak: 'In het begin wilde ik alleen zijn arm, maar dat was niet mogelijk zonder hem ook het leven te benemen. De arm van mijn zoon…Wat ik geleden heb om hem ter wereld te brengen… Zijn vader is direct daarna gestorven, hij heette Diogini, jij hebt hem niet eens gekend… Wat een gerechtigheid: de een werd geboren en de ander stierf, dat had je niet opgemerkt, hè? De een kwam op deze wereld en de ander ging naar de andere wereld… En ik behield alles…'

Efisio heeft opeens het begin van de draad in handen. Het

ligt vele jaren terug maar hij heeft het gevonden. Maar de draad brandt.

'Donna Michela! Hebt u Diogini Làconi ook vermoord? Hebt u uw man vermoord?'

'Wat moest die man van me?'

'U hebt uw man vermoord…'

Ze verwacht pijn maar die komt niet, ze voelt alleen de verlamming die is ingezet: 'En dan hij, Giovanni… een zoon die opgroeit en alles wil… Schaamteloos… Hij wilde de baas zijn… Maar als een zoon alles neemt, sterft de moeder… Die arm moest de zee in… de zee…'

Het laatste woord.

Ze praat niet meer en wanhopig zet ze alleen met de linkerhelft van haar lichaam haar schimmige conserveringsgymnastiek voort. De andere helft is uitgevallen.

32

Een onpeilbaar licht valt tot op de bodem van de baai, rilt even en komt verfrist weer boven.

De wind weigert eerst, verheft zich van de aarde, strekt zich uit naar de zee, schrijdt voorwaarts en spreidt zich uit tot in de lege ruimte van de wijde horizon.

Efisio is omhooggelopen naar de witte Engelenkaap.

Hij denkt aan de onvergetelijke straf die Michela Làconi ten deel is gevallen: verlamd en sprakeloos. Een half lichaam op slag weg, na zo veel jaren spaarzaamheid.

Hij is met lichte pas naar boven geklommen omdat hij het begin en het einde heeft begrepen, zonder zich door de dingen om de tuin te laten leiden. Hij heeft aanvang en afsluiting gevonden.

De herinneringen.

Zijn geheugen is gebaseerd op vergetelheid, zonder welke hij zijn geheugen niet in stand zou kunnen houden. Daarom lijkt de ochtend vandaag de mooiste ochtend van Efisio's leven en hij kan zich niet herinneren er ooit zo een te hebben beleefd. Wat een geluk om de andere ochtenden te vergeten.

Niet gestoord door onvolmaakte herinneringen, vrij, beschenen door het volmaakte licht, vergeet hij even de angst en het vlees.